El Agua de la Vida

Manuel Alfonseca

ISBN-13: **978-1520161327**

ÍNDICE

1. La leyenda

Y así fue como, con ayuda de los dioses, el poderoso KiFer venció todos los obstáculos y regresó a la tribu con el Agua de la Vida. Mientras duró el agua, llovieron las bendiciones, la caza fue abundante y fácil de capturar y todos los que sufrían heridas o enfermedades se curaban.

Cuando el viejo LaZen terminó de hablar, todos guardaron silencio durante un buen rato, como de costumbre. Sus historias siempre les impresionaban profundamente. Por fin, KaTun, el jefe, se inclinó hacia adelante y empujó un leño en la hoguera, que comenzaba a vacilar. Hubo un fuerte chisporroteo, las llamas se elevaron bruscamente e iluminaron con tintes rojizos y sombras fugaces su rostro barbudo.

KaTun era un hombre en la flor de la vida, fuerte y corpulento. Si no sufría algún accidente, la tribu podría contar con su guía cuatro o cinco inviernos más. Hoy estaba emocionado, pues la historia de KiFer siempre había sido su favorita. Años atrás, cuando nació su primer hijo, insistió en que se llamara igual que el famoso héroe de la leyenda. Deseaba que algún día hiciera honor a su nombre.

El joven KiFer había oído la historia, perdido entre las sombras, con la misma atención ansiosa que su padre. Sus pocos años no le permitían mezclarse con los hombres. No podría hacerlo hasta después de la gran prueba, el próximo verano. Al menos, eso le había dicho el viejo LaZen, que además de contar historias, se encargaba de llevar las cuentas de la tribu y de avisar por anticipado de las celebraciones que se debían realizar.

De niño, KiFer se preguntaba a menudo cómo podía LaZen saber tanto. Le parecía arte de magia que fuera capaz de predecir la llegada de las manadas de bisontes o el principio de la época de lluvias. LaZen hacía estas cosas utilizando procedimientos secretos, que sólo compartía con MuLau, su aprendiz. Pero cierto día KiFer le siguió sin ser visto hasta uno de los rincones más oscuros y profundos de la cueva y le vio rascar extrañas marcas en un trozo de hueso, aunque no comprendió para qué podrían servir.

KiFer había oído a menudo la historia del héroe al que debía su nombre, pero hasta entonces se había limitado a escucharla, aceptando ciegamente todo lo que oía. Aquella noche no sabía explicar lo que le ocurría: sentía hervir en su interior mil preguntas cuya contestación deseaba ardientemente conocer. Ansiaba hacérselas al viejo LaZen, la única persona capaz de contestarlas, pero no podía interrumpir a los hombres, que ya estaban hablando de otras cosas. Tendría que aguardar una ocasión más oportuna.

La ocasión no llegó hasta tres días después. Los hombres habían salido de caza y LaZen estaba haciendo cocimientos de hierbas, con ayuda de MuLau. KiFer vigiló atentamente, esperó hasta que el aprendiz se alejó para buscar un ingrediente y se aproximó a LaZen como si pasara casualmente por allí, aunque su actitud no logró engañar al anciano, que clavó en él los ojos con gesto inquisitivo.

KiFer no perdió el tiempo en cortesías y fue directamente a lo que le interesaba.

—¿Qué pasó en la tribu cuando se acabó el Agua de la Vida?

El viejo, que no parecía sorprendido por la pregunta, contestó sin vacilar.

—Que las cosas volvieron a ser como antes. La caza se volvió escasa y los enfermos y los heridos murieron. Lo que siempre ocurrió. Lo que ocurre ahora.

—Pero ¿no pudo KiFer ir a buscar más agua?

—KiFer era ya viejo y no podía hacer otro viaje. Otros lo intentaron, pero ninguno regresó.

—¿De verdad? Nunca he oído hablar de ellos.

—No. Sólo se habla de los que vuelven. De los que no volvieron ¿cómo podríamos saber lo que les pasó?

—Entonces ¿el Agua de la Vida se perdió para siempre?

—No. Sigue donde estaba, esperando que otro valiente vaya a buscarla.

—¿Cuánto tiempo hace de eso?

—Muchos inviernos. Más de los que yo puedo contar.

—Pero tú conociste a KiFer ¿verdad?

LaZen miró al muchacho con ironía.

—¿Crees que he vivido tanto tiempo? No. Yo oí la historia como tú, cuando era niño, de labios del viejo de la tribu. Él también la había aprendido de la misma manera.

El chico guardó silencio ante la idea que acababan de sugerirle las palabras de LaZen. Por primera vez comprendió claramente algo que hasta entonces sólo había sido una intuición borrosa: que las generaciones se suceden, que el hombre está situado sobre el abismo insondable del pasado, que otros han vivido y experimentado las mismas cosas que nosotros, mucho antes de nuestro nacimiento. Trató de compartir con LaZen el relámpago de comprensión que le había iluminado, pero no pudo encontrar las palabras adecuadas. Finalmente se encogió de hombros y se alejó, mientras el viejo le seguía con la mirada.

Los días se alargaron lentamente, hasta hacerse iguales a las noches. Vinieron las lluvias y la hierba brotó abundante. LaZen anunció que la llegada de los bisontes era inminente. Al día siguiente se vio aparecer a lo lejos, hacia el sur, una nube de polvo. Entonces KaTun, el jefe, llamó a su hijo mayor, KiFer, y le dijo:

—Este verano serás un hombre.

—Sí.

—Pero no te será fácil conseguirlo. Tendrás que salir de caza solo y traer algo de mucho valor: un bisonte, un oso o un león. De lo que traigas, dependerá tu rango en la tribu.

—Lo sé.

—No me gustaría que fracasaras. Quiero que algún día llegues a ser jefe, como yo. ¿Serás capaz de matar tú solo a una de esas bestias?

KiFer trató de aparentar más seguridad de la que sentía.

—Me las arreglaré.

KaTun contempló a su hijo con orgullo y un poco de preocupación.

—De todas formas, sería bueno que te fueras preparando. Mañana iremos de caza. Tú también vendrás.

El rostro de KiFer se iluminó, pero su padre no había terminado:

—Tú no tomarás parte en la caza, pero verás cómo lo hacemos.

El chico sintió una gran decepción, que sólo duró un instante. La emoción que le producía la idea de participar por primera vez en una expedición con los hombres, le compensó ampliamente y llenó sus pensamientos. Bajo la mirada de admiración de BuSan, su compañero de juegos, que había visto un invierno menos que él y aún estaba lejos de convertirse en hombre, pasó el resto del día reuniendo y revisando todas sus armas, que hasta entonces sólo le habían servido para jugar. En realidad no esperaba utilizarlas, pero quería llevarlas de todas maneras, por si acaso. "Nunca se sabe lo que puede ocurrir en una cacería" pensó. "¡Hay tantos peligros!"

De pronto se dio cuenta de que LaZen le estaba observando. Al notar que la barba del viejo no lograba ocultar una sonrisa, KiFer sintió una curiosa mezcla de ira y de vergüenza.

—¿Qué pasa, LaZen? ¿Por qué te ríes? —le preguntó.

—Por nada, KiFer, por nada. Estaba recordando, eso es todo.

—¿Recordando? ¿Qué recordabas?

—Cuando yo me hice hombre, hace muchos veranos.

—¿Y te acuerdas?

—Tengo buena memoria.

—Pero ¿por qué te hace sonreír?

—Porque el recuerdo de lo que yo sentí me hizo adivinar lo que sientes tú.

—No lo entiendo.

—Lo entenderás cuando tengas mi edad.

Ahora fue KiFer quien no pudo contener una sonrisa.

—Sé lo que estás pensando —dijo LaZen. —Crees que eso está muy lejos, que no llegará nunca, pero te equivocas. El tiempo pasa mucho más deprisa de lo que imaginas. Algún día, antes de lo que crees, tú le dirás lo mismo a un muchacho que aún no ha nacido. A menos que...

—¿A menos que qué?

—Nada, olvídalo.

LaZen se había puesto serio, pero KiFer no tuvo ninguna dificultad en terminar la frase interrumpida, en comprender cuál había sido su pensamiento: había una manera de que un joven no conociera nunca la vejez. La muerte era un suceso demasiado cotidiano en la vida de la tribu, para no tenerla en cuenta. Él mismo, casi no recordaba ya a su madre. Sin embargo, KiFer no dejó que la idea le preocupara. Era simplemente un factor más, un hecho que había que considerar al hacer los planes. ¡Y tenía tantos para el día siguiente! Aunque no tuviera muchas esperanzas de llevarlos a la práctica, porque se apoyaban más en sus deseos que en la realidad.

Por ejemplo, aquel animal que saldría inesperadamente de la espesura mientras él contemplaba la persecución... Una bestia terrible, amenazadora, a la que tendría que enfrentarse solo, antes de que llegara su hora, porque no tendría más remedio. Al imaginarlo, no sentía el menor temor. Tomó el palo terminado en una piedra aguzada que le servía de arma arrojadiza y lo equilibró cuidadosamente en la mano. Luego se alzó de puntillas y lo levantó en un gesto amenazador, disponiéndose a lanzarlo contra el enemigo invisible. Por fin, su brazo se movió como un relámpago y el palo fue a clavarse sobre una cuesta arcillosa, mientras los ojos de su mente veían a la fiera retorciéndose de dolor, en los espasmos de la agonía.

LaZen volvió a sonreír, pero KiFer ya no le prestaba atención.

2. Los bisontes

El rebaño de bisontes no era muy grande, apenas una avanzadilla de las huestes que vendrían más tarde, ya entrada la primavera, en su emigración anual. Su llegada sería la señal para que la tribu abandonase la cueva donde había pasado el invierno y partiera en su persecución, como todos los años, hacia el norte. Pero, por el momento, eso podía esperar.

KiFer contempló a las enormes bestias jorobadas, reunidas a corta distancia, en medio de la llanura. Los bisontes habían olfateado a los cazadores y estaban nerviosos: habían formado un bloque compacto, casi circular, con los machos en primera línea, en actitud amenazadora. El chico sabía que KaTun, el jefe, y los suyos tendrían que romper ese bloque y separar de él a uno de los animales, que se convertiría en su presa. Mientras permaneciesen agrupados, los bisontes eran invulnerables.

Apenas podía distinguir a los hombres, no sólo porque trataban de ocultarse y buscaban los lugares donde abundaba la maleza, sino porque el cielo se había nublado y presentaba un aspecto amenazador. Alzó los ojos y miró preocupado la negrura. Ignoraba si la tormenta sería favorable a los cazadores, pero sentía una gran inseguridad ante las demostraciones violentas de la naturaleza, que no podía comprender. Durante breve tiempo jugó con el deseo de encontrarse a salvo en la cueva, pero lo reprimió casi en el acto.

Era evidente que la inminencia de la tempestad contribuía al nerviosismo de las bestias casi tanto como la presencia de los cazadores. Hasta un joven tan poco experto como KiFer se dio cuenta, al ver su actitud, de que la estampida podía tener lugar en cualquier momento. Se preguntó qué haría si el rebaño corría hacia donde él estaba, aunque eso era muy poco probable.

Cuando el primer relámpago hendió las nubes, KiFer se sobresaltó casi tanto como los bisontes. Su mirada subió automáticamente hacia el cielo y apenas tardó un instante en volver a la llanura, pero ya no encontró las cosas como antes: la manada había emprendido veloz carrera, aplastando las hierbas y las matas a su paso desenfrenado, mientras los cazadores abandonaban toda precaución y corrían tras ellos, agitando las armas.

KiFer esforzó la vista para no perder detalle, aunque no lo tenía fácil: la lluvia, que había comenzado a caer a torrentes, emborronaba las imágenes de la caza, cada vez más alejadas. Desobedeciendo las órdenes de su padre, que habían sido tajantes, dejó la protección del bosquecillo y corrió ciegamente hacia los bisontes y sus perseguidores.

Poco después, se detuvo sobre un pequeño altozano y trató de orientarse. La mayor parte del rebaño permanecía unida, pero algunos de sus miembros se habían dispersado. Los cazadores parecían converger sobre uno de éstos, un macho viejo que comenzaba a acusar el cansancio. KiFer trató de localizar a KaTun, el jefe, pero a esa distancia era imposible identificarle.

Sin prestar atención a lo que le rodeaba, descendió del cerro, tratando de acercarse más al centro de los acontecimientos, para ver lo que ocurría. Por eso, cuando se encontró cara a cara con el bisonte, se llevó la mayor sorpresa de su vida.

Era una bestia enorme, en la plenitud de las fuerzas, con unos cuernos que al chico le parecieron desmesurados y un aspecto que se le antojó furioso y amenazador, aunque en realidad el animal estaba al menos tan asustado como él. Sin embargo, el peligro era real, pues KiFer estaba solo y el bisonte podía atacarle, consciente de su superioridad. De hecho, la forma en que inclinaba la cabeza mientras arañaba el suelo con una de las patas delanteras, no parecía augurar nada bueno.

KiFer sintió el impulso de huir a toda velocidad, pero recordó sus sueños del día anterior y comprendió que se encontraba ante una aventura de verdad, la que tanto había deseado. De pronto tuvo la sensación de que toda su vida iba a depender de su actitud ante este peligro, el primero real en que se encontraba. Alzó el brazo, apuntó cuidadosamente el arma arrojadiza y la lanzó con todas sus fuerzas.

¡Calculó mal! El venablo voló por los aires, pero no alcanzó su objetivo. Cayó al suelo varios pasos por delante del bisonte y se clavó en tierra. Justo en ese momento, otro relámpago saltó entre las nubes, iluminando la escena con un resplandor cárdeno y fugaz. Sobresaltado, el animal dio media vuelta y huyó ruidosamente entre la maleza.

Durante un buen rato, KiFer permaneció inmóvil, sin apartar la mirada de los cuartos traseros de la bestia, que se empequeñecían con la distancia. Luego se limpió con el antebrazo el sudor que le cubría la frente, que no se debía al calor, recogió el arma y la contempló unos instantes. Se sentía confuso y decepcionado y no sabía exactamente por qué. Había fallado, es verdad, pero también había resistido al miedo. En cierto modo, había hecho huir al bisonte, y creía poder sentirse orgulloso. Sin embargo, no lo estaba.

Por fin se encogió de hombros, dejó de hacerse preguntas y siguió su interrumpido camino hacia donde estaban los cazadores. Desde que descendió del altozano había perdido de vista el lugar, pero sabía la dirección que tenía que seguir y esperaba que no se hubieran alejado demasiado.

Había aprendido bien la lección y avanzó con cuidado, procurando evitar malos encuentros y escondiéndose entre las matas cuando alguna de las bestias desbocadas pasaba cerca de él. Al cabo de un buen rato, supuso que debía hallarse cerca del lugar que buscaba y le sorprendió no oír ruido alguno. Sin embargo, no se preocupó demasiado: posiblemente el animal se habría escapado, o quizá la lucha había arrastrado a todos muy lejos de allí.

Un sonido repentino y muy próximo le hizo detenerse en seco y levantar el venablo, pero no fue una bestia feroz lo que salió de la espesura, sino el rostro barbudo de TuLan, uno de los hombres de la tribu. Al verle, el cazador se sorprendió, pero no dijo nada y, con un gesto, le indicó que le siguiera mientras se volvía por donde había venido.

Mientras caminaba tras él, se preguntó cómo tomaría su padre su desobediencia: el jefe era un hombre severo, tenía que serlo para sacar adelante a la tribu entre los peligros que la rodeaban, el más grande de los cuales era el hambre, siempre amenazadora. Sabía que KaTun le quería, pero estaba seguro de que no tendría piedad de él, si pensaba que debía castigarle.

Le sorprendió un poco que TuLan hubiera vuelto sobre sus pasos al encontrarle. Casi parecía que le estuviese buscando. Pero ¿por qué? ¿Acaso la caza había terminado y su padre le mandaba llamar para participar en el descuartizamiento del bisonte? Sí, eso debía de ser. Y por eso TuLan se había sorprendido, al encontrarle tan cerca. Pero, en ese caso, ¿por qué no se oían los gritos de júbilo de los cazadores? Algo raro ocurría. Y aunque tenía cerca a quien podía aclararle las dudas, ni siquiera se le ocurrió preguntarle. Estaban siguiendo un rastro y no debía pronunciar palabra innecesariamente.

Los hombres de la tribu no estaban muy lejos: en una hondonada, a pocos pasos de allí. Lo primero que vio, fue el cuerpo derribado e inmóvil de un bisonte de gran tamaño. Los ojos se le iluminaron al pensar en el festín que les esperaba, el primero del año, después del duro invierno: allí había carne para toda la tribu, suficiente para dos o tres días. Luego se fijó en los cazadores, esparcidos por la hondonada, silenciosos y tristes. Buscó a su padre, pero no pudo hallarle.

—¿KaTun? —gritó con voz quebrada.

Sin volverse a mirarle, TuLan señaló con la mano izquierda. KiFer corrió en esa dirección, se detuvo bruscamente. En el fondo de la hondonada, detrás de unas matas, yacía KaTun, muy pálido, con el cuerpo cubierto de sangre. Uno de los cazadores estaba arrodillado a su lado.

—¿Está muerto? —preguntó, esforzándose por controlar la voz, luchando para expulsar cada palabra.

El cazador le miró y movió la cabeza con tristeza.

—Todavía no. El bisonte le ha herido en un muslo. He conseguido detener la sangre, pero la herida es muy mala. Tendremos que llevarle a la cueva. Quizá LaZen, el viejo, pueda hacer algo por él.

El regreso fue lento y silencioso. Cargados con la carne y con el herido, a quien dos hombres llevaban inconsciente sobre unas ramas entre-cruzadas, nadie tenía ganas de hablar. KiFer pidió ser uno de los portadores del cuerpo de su padre, pero no le dejaron, y tuvo que contentarse con llevar un buen pedazo del bisonte, que al poco rato le resultaba tan pesado que tenía que hacer grandes esfuerzos para no dejarlo caer. Para no perder la cara ante los hombres, apretó los dientes y siguió adelante sin pedir ayuda, tropezando con frecuencia.

Al llegar a la cueva, estaba tan cansado que no veía con claridad. Con un suspiro de alivio, entregó la carne a una de las mujeres y se dejó caer al suelo, decepcionado y confuso. Su primer día de cacería, con el que tanto había soñado, se había convertido en uno de los peores de su vida.

3. La decisión

KaTun, el jefe, no mejoraba. LaZen, el viejo de la tribu, permanecía siempre a su lado, probando todos los remedios que conocía, que eran muchos y muy poderosos, pero su rostro barbudo expresaba claramente la inutilidad de sus esfuerzos, y cuando KiFer se aproximaba y le miraba interrogativo, sin atreverse a hablar, movía la cabeza con desesperanza.

Aunque KaTun había recobrado el conocimiento, el aspecto de su herida era muy malo. La pierna estaba hinchada, tumefacta, y la infección, cada vez más extendida, le provocaba una fiebre abrasadora que a menudo terminaba en delirio.

Por fin, KiFer no pudo resistir más la situación, abordó a LaZen en una de las pocas ocasiones en que se separó del enfermo y dijo:

—Dime la verdad, ¿KaTun va a morir?

—Está muy mal —respondió lacónicamente el viejo. Pero KiFer siguió insistiendo hasta que añadió: —La próxima luna, un nuevo jefe nos guiará tras de los bisontes.

Aunque esperaba y temía estas palabras, se quedó mudo e inmóvil al oírlas. Durante el resto de aquel día apenas se movió y casi no era consciente de lo que ocurría a su alrededor. Los que pasaban junto a él le miraban con compasión, pero nadie se atrevía a interrumpirle, pues respetaban su dolor. Sin embargo, la mente del chico no estaba ociosa ni hundida en la tristeza, como creían sus compañeros de tribu: estaba pensando con furia desesperada, y esa misma noche confesó a LaZen el rumbo que habían seguido sus pensamientos.

—¿Podrías salvar a KaTun si tuvieses Agua de la Vida?

LaZen volvió la cabeza bruscamente, sobresaltado. No esperaba la pregunta, pero sabía cómo tenía que contestarla.

—Dicen que el Agua de la Vida era capaz de curar cualquier enfermedad. Pero yo no lo he visto, pues se agotó muchas vidas antes de que yo naciera. Así que no puedo contestarte con seguridad. ¿Por qué lo preguntas?

—Quiero traer Agua de la Vida para KaTun —respondió, mirándole con ojos decididos.

Una triste sonrisa frunció los labios del viejo de la tribu.

—¿Sabes dónde buscarla?

—No. Pero tal vez tú puedas decírmelo.

LaZen negó lentamente con la cabeza.

—Lo único que yo sé es que KiFer encontró el Agua de la Vida más allá de las montañas. Pero ignoro cuánto tuvo que andar y tampoco conozco la dirección exacta.

—Es igual. Quiero partir. No volveré sin el agua.

—Estás loco, muchacho. Muchos hombres lo han intentado, ninguno volvió. Tú no eres más que un niño.

—Este verano seré un hombre.

—Este verano será demasiado tarde para KaTun.

—No pienso aguardar al verano. Si consigo traer el Agua de la Vida habré demostrado que soy un hombre ¿verdad?

LaZen no contestó y KiFer, impaciente, repitió:

—¿No es verdad?

—Sí, sin duda. El Agua de la Vida es una presa mucho más difícil que el más grande de los leones de las cavernas. Por eso no puedo imponértela.

—Pero yo sí puedo. Tú has dicho, más de una vez, que un muchacho, cuando va a convertirse en hombre, puede cambiar la presa que le señale el viejo de la tribu por otra más grande o más peligrosa.

—Aún no te he señalado la presa.

—No, pero acabas de decir que el Agua de la Vida es más difícil que ninguna. He decidido cambiarla.

LaZen guardó silencio durante largo rato, mientras KiFer esperaba ansioso su respuesta. Por fin, el viejo alzó la cabeza y le miró a los ojos.

—No puedo permitírtelo —dijo, con voz lenta y grave. —Acabamos de perder a nuestro mejor guerrero, no podemos arriesgar otro.

—¡Pero KaTun aún vive!

—KaTun ha muerto —respondió LaZen, y al ver la mirada de terror que KiFer dirigía hacia donde se encontraba su padre, añadió: —No, todavía no, pero vete haciendo a la idea. En cuanto al Agua de la Vida, olvídala. No pienso dejarte partir. Aguardarás hasta el verano y te harás hombre como es costumbre. El nombre que llevas no te da derecho a ser diferente.

KiFer bajó la cabeza y se alejó, aparentemente sumiso. El viejo le siguió con la mirada, sin sospechar en él ningún síntoma de rebelión.

—Aunque el Agua de la Vida pudiese curar a KaTun —murmuró, —llegaría demasiado tarde. El jefe morirá dentro de muy pocos días.

Sin embargo, KiFer estaba muy lejos de aceptar la decisión de LaZen. Lo había pensado muy bien, había previsto que el viejo se opondría a sus propósitos y tenía trazados los planes correspondientes. Esa noche, alrededor de la hoguera, se colocó en su lugar de costumbre, fuera del círculo de los hombres, y trató de comportarse de la manera más natural posible. En realidad, dejó traslucir su nerviosismo, pero no tenía que preocuparse, pues fue atribuido a su dolor por la situación de su padre.

Cuando el fuego comenzó a apagarse, el responsable de su mantenimiento cubrió los rescoldos con tierra, para mantenerlos calientes hasta el alba, cuando servirían para encender la hoguera del día siguiente. Poco a poco, todos fueron retirándose al interior de la cueva, al lugar donde cada uno dormía, pero KiFer se hizo el remolón y se quedó el último. Por fin entró en la caverna, pero no se dirigió inmediatamente a su montón de pieles, sino que se acercó al lugar donde yacía su padre. LaZen estaba a su lado y el enfermo parecía adormilado, pues no se quejaba y apenas se movía. En la oscuridad de la cueva no podía verle, pero contempló largamente el bulto oscuro de su cuerpo; luego dio media vuelta y se alejó sin decir nada.

Arrebujado entre sus pieles y fingiendo dormir, tuvo, por el contrario, buen cuidado de mantenerse despierto, vigilando atentamente el menor ruido y aguardando con ansiedad que todos se durmieran. Por fin, cuando juzgó que había llegado el momento, guiado por el sonido acompasado de la respiración regular de los durmientes más próximos, se incorporó con precaución y miró a su alrededor. Una débil claridad entraba por la boca de la cueva, que no distaba mucho del lugar donde se encontraba. En eso había tenido suerte.

Una mirada hacia LaZen le convenció de que el viejo, a pesar de estar velando al enfermo, se había quedado dormido. Algo más tranquilo, se escurrió lentamente hacia la entrada, sin hacer el menor ruido. En el momento de cruzarla se le escapó un suspiro de alivio. Hasta ahora, todo había ido bien.

Una vez al aire libre, se dirigió hacia el lugar donde, esa misma tarde, había escondido sus cosas: una piel de bisonte, regalo de su padre, para protegerse del frío; el venablo, el mismo que utilizó en su primer encuentro real con un enemigo peligroso; el cuchillo de piedra que hasta ahora sólo había tenido ocasión de usar para tallar esos pequeños adornos de madera que, según opinión general, le salían tan bien. Era lo único que podía llevar consigo al separarse de la tribu. Era lo único que podía servirle de algo en las duras pruebas que tendría que vencer.

De pronto, se sobresaltó al sentir que una mano se posaba sobre su hombro. Por un momento pensó que todo estaba perdido, que había sido descubierto. Antes de tomar las cosas podía haber buscado una excusa para explicar su salida nocturna de la cueva, pero ya era demasiado tarde para eso. LaZen, especialmente, no se dejaría engañar. Se volvió muy despacio, dispuesto a lo peor, pero sólo encontró el rostro de BuSan, su amigo. El alivio que sintió le provocó temblores en las piernas. Estaba seguro de que BuSan no le delataría.

—¿Te marchas? —preguntó el niño, mirando con envidia el venablo de KiFer.

—Sí, me voy. Voy a buscar un remedio para curar a KaTun, el jefe —respondió en voz baja.

—¡Déjame ir contigo!

—No puedo. Tengo que hacerlo yo solo.

BuSan abrió mucho los ojos, asombrado.

—¿Es que vas a hacerte hombre? ¿No tienes que esperar hasta el verano?

—KaTun no puede esperar —respondió, usando casi las mismas palabras que el viejo de la tribu.

—Pero ¿por qué te marchas de noche, mientras todos duermen? No es la costumbre.

—No, no lo es. Me voy en secreto, sin que nadie lo sepa. Por eso te ruego que no le digas a nadie que me has visto.

—¡Pero te echarán de menos! ¡No sabrán adónde has ido!

—LaZen lo adivinará. No te preocupes. No pasará nada.

KiFer comprendió que no podía perder más tiempo hablando con BuSan sin arriesgarse a que sus planes fuesen descubiertos. Por eso, tras darle un golpe amistoso en la espalda, a manera de despedida, dio media vuelta y se alejó rápidamente en cualquier dirección. Más tarde tendría tiempo de elegir el camino adecuado para llegar al otro lado de las montañas. Por el momento, sólo le interesaba despistar a sus posibles perseguidores, en el caso poco probable de que BuSan se fuera de la lengua y les indicara por dónde se había marchado.

Cuando KiFer se perdió de vista en la oscuridad, BuSan, que estaba muy triste por la partida de su compañero y por su deseo insatisfecho de aventuras, volvió a la cueva para reanudar su interrumpido sueño.

4. Las montañas

Poco después de abandonar la cueva, encontró el arroyo que corría a cierta distancia y que les abastecía de agua durante el invierno. Entonces se le ocurrió que allí tenía un buen medio para despistar a los hombres de la tribu, en el caso de que decidieran perseguirle para obligarle a volver. Sabía que los cazadores eran diestros en seguir el rastro de la presa, pero también sabía que una corriente de agua ocultaría sus huellas y haría prácticamente imposible que le encontrasen.

Durante mucho rato, hasta que salió la luna, caminó por el centro del arroyo, aunque sus pies estaban casi insensibles en las aguas heladas y corría el riesgo de herirse con alguna piedra aguzada. Sin embargo, no le ocurrió nada, y en un lugar donde la orilla era pedregosa y no quedaría rastro de su paso, salió del arroyo y se dirigió hacia el sol poniente.

Tampoco era ése el camino que había elegido antes de partir, pero no se atrevía a seguirlo francamente, pues LaZen sabía que trataría de cruzar las montañas, que se encontraban hacia el sur. Por eso, y para despistar aún más a sus perseguidores, había decidido desviarse una jornada entera en una dirección diferente y no seguir al sol de mediodía hasta estar bastante lejos, para tener cierta seguridad de que sus caminos no llegarían a cruzarse. Los cazadores no se alejarían más de uno o dos días de la cueva, pues la llegada de los bisontes no podía hacerse esperar demasiado y era preciso disponerlo todo para la partida. Si no le alcanzaban en poco tiempo, especialmente si no llegaban a dar con su rastro, darían por terminada la búsqueda y regresarían sin él.

Con los primeros resplandores del nuevo día, se dejó caer al pie de un gran pino y trató de dormir un poco. La larga marcha y la tensión nerviosa le habían agotado, pero le costó trabajo conciliar el sueño. Estaba muy preocupado por su padre. "¿Qué será de él" pensaba "cuando lleguen los bisontes? ¿Cómo podrá resistir el viaje en el estado en que se encuentra?" Se preguntó si le dejarían en la cueva, en compañía de alguna mujer que le cuidase, mientras los demás emprendían la migración anual hacia el norte. Naturalmente, no le abandonarían. No era la costumbre de su tribu, aunque había oído contar que otras lo hacían. Pero no se le pasó por la imaginación la posibilidad de que el problema se resolviera por sí solo con la muerte de KaTun: el jefe tenía que vivir hasta que él volviera con el

Agua de la Vida. Eso era evidente y no se atrevía a ponerlo en duda.

Durmió hasta muy avanzada la mañana y al despertar sintió hambre. Le habría gustado cazar algo y hacer una hoguera para cocinarlo, pero no se atrevió: estaba demasiado cerca de la cueva y el humo podía atraer a sus compañeros. Además, no tenía tiempo. Por ello, se limitó a recoger algunas raíces que sabía eran comestibles, y se las comió lo más deprisa que pudo. Luego continuó su interrumpida marcha hacia el sol poniente.

La región que atravesaba era ondulada, lo que le ofrecía una bienvenida protección, y muy abierta, con hierbas de mediano tamaño y escasos árboles esparcidos, lo que facilitaba su avance. Por eso, al caer la tarde había recorrido bastante camino y juzgó que ya podía torcer el rumbo hacia el sur sin peligro de que le encontraran. Se hallaba en ese momento en la linde de un bosquecillo y decidió pasar la noche allí mismo, pues el cielo estaba cubierto y amenazaba tormenta.

Aunque la lluvia no llegó a caer, los relámpagos fueron abundantes y KiFer se arrebujó lo más que pudo en su piel de bisonte, sobre las hojas secas del otoño anterior, que alfombraban el suelo del bosque, para librarse del frío y del terror que le invadía al oír los truenos y al ver los resplandores.

Desde niño le habían asustado los fenómenos atmosféricos aparatosos, especialmente de noche, pero hasta entonces siempre había podido refugiarse en la cueva o buscar protección entre los hombres de la tribu, mientras que ahora estaba completamente solo, al descubierto y en plena oscuridad.

A pesar de todo pudo dormir, porque estaba muy cansado, pero su sueño se vio alterado por frecuentes pesadillas y despertó muchas veces, tiritando o empapado en sudor frío, antes de que la primera luz del alba le indicara que ya era hora de continuar su camino. Después de atravesar rápidamente el bosquecillo, que no le proporcionó ningún alimento aprovechable, reunió algunos tubérculos y siguió la dirección del sol.

Tres días después, alcanzó sin ningún incidente el límite meridional del ancho valle donde vivía su tribu y se preparó a cruzar las montañas. Era la primera vez que lo hacía, pues en sus viajes hacia el norte, en los que había participado en años anteriores, nunca se opusieron a su paso obstáculos tan grandes. No había querido utilizar el camino que seguían los bisontes en su migración anual, mucho más trillado pero, por esa misma razón, más peligroso para él.

A medida que ascendía la ladera por el punto que le pareció más accesible, sus ojos iban ganando altura y perspectiva y su mirada se alejaba cada vez más hacia el lugar donde yacía su padre herido y sufriendo. La cueva era, afortunadamente, invisible, oculta tras los accidentes del suelo. Haberla visto en ese momento habría multiplicado su angustia y puesto en peligro el cumplimiento de la misión que se había asignado.

Aproximadamente a la mitad de la ascensión, el cansancio le forzó a detenerse un rato en un lugar llano, una especie de ancho pretil que bordeaba la montaña. Desde allí dominaba todo el valle y dejó que sus ojos buscaran los hitos que conocía, los puntos visibles asociados en su memoria con algún momento importante de su vida.

Mientras observaba el terreno que había dejado atrás, se sobresaltó al percibir un movimiento entre un grupo de árboles a cosa de media jornada de marcha, muy cerca de la ladera de la montaña. Inmediatamente se dejó caer en tierra, disimulando su presencia detrás de unas rocas, y aguzó la vista para descubrir el origen de ese movimiento. No tuvo que aguardar mucho. Pronto vio a dos hombres que avanzaban lentamente, como si siguieran o buscaran un rastro. Hasta reconoció a uno de ellos, inconfundible incluso a esa distancia, por su forma de caminar. Era TuLan, el cazador que fue a buscarle cuando su padre fue herido por el bisonte. Era evidente que le perseguían, para hacerle volver a la tribu, aunque no parecían haber observado su presencia sobre la ladera.

¡No lo alcanzarían! El peligro le había devuelto las fuerzas, por lo que dio por terminado el descanso y reanudó el ascenso, procurando ocultar su presencia. Poco después, un repliegue del terreno borró a los dos hombres de su vista y KiFer exhaló un suspiro de alivio. Sabía que, si conseguía cruzar las montañas sin ser alcanzado, abandonarían la persecución, pues el territorio de la tribu terminaba allí y no se atreverían a seguirle más lejos. La cuestión de si conseguiría cruzar a salvo los territorios de otras tribus hostiles, podía esperar por el momento.

Al emprender el ascenso, había elegido la zona que le pareció más fácil, el punto de contacto de dos de las montañas de la cordillera, donde esperaba encontrar un paso practicable. No le faltaba gran trecho para llegar cuando tuvo que detenerse, preguntándose si habría cometido un error al escoger ese camino, pues topó de pronto con un campo de nieve, invisible hasta ese momento, que no tendría más remedio que cruzar. KiFer no tenía mucha experiencia con la nieve, pues el clima de su valle era moderado, y temió hallar dificultades insuperables que le impidieran atravesar la cordillera.

Con muchas precauciones, probó la superficie blanca y la encontró resistente, pues estaba apelmazada y soportaba su peso con facilidad. Sin embargo, le pareció fría, incluso para unos pies endurecidos e insensibles desde la niñez. A pesar de todo, se lanzó valientemente hacia adelante y en pocos minutos había cruzado el campo de nieve y se encontraba en la entrada de un estrecho desfiladero, que prometía llevarle sano y salvo al otro lado de las montañas.

Con el corazón palpitante, dijo adiós al territorio que conocía, donde había vivido toda su niñez, y se dispuso a introducirse en tierras nuevas, pobladas por otros hombres, otras bestias, otras leyendas. Una última mirada hacia atrás fue su despedida del valle, que quedó oculto tras la primera desviación del paso, que no era recto ni fácil, pues a menudo se vio obligado a trepar sobre las rocas que lo obstruían.

Esa noche durmió a gran altura, tiritando de frío y con el estómago vacío, en una pequeña hondonada abierta en la pared del desfiladero, que estaba envuelto en una espesa niebla. Antes de que ésta se cerrara a su alrededor, había avanzado todo lo posible, hasta que no pudo dar un paso más sin correr grave peligro. Deseaba llegar cuanto antes al otro lado de las montañas, pero no tenía la menor idea de cuánto le faltaba ni de lo que podría encontrar cuando lo consiguiera.

5. El oso

Despertó al alba muerto de frío y con la piel de bisonte empapada en humedad. La niebla no había desaparecido por completo, pero era algo más clara, por lo que su mirada, a la luz rojiza del amanecer, alcanzaba a una distancia mayor, y como esa parte del desfiladero estaba más libre de obstáculos que la primera, pudo avanzar sin grandes dificultades.

Con el ascenso del sol, la luz y el calor crecieron y las brumas se evaporaron, descubriendo el panorama. Entonces vio que había cruzado la divisoria y que tenía ante los ojos un paisaje desconocido e inesperado.

Era un valle boscoso, más profundo, más estrecho y mucho más tupido que el suyo, pues las praderas de hierbas faltaban casi por completo. Los árboles eran también diferentes: en lugar de pinos y abetos, dominaban robles, hayas y abedules. El desfiladero que había seguido terminaba bruscamente y las montañas parecían caer a pico sobre las copas de los árboles. KiFer se preguntó cómo conseguiría bajar hasta el bosque.

Una cuidadosa observación le permitió reconocer el punto donde el descenso parecía menos peligroso y se dirigió rápidamente hacia allí. Su estómago, que no había recibido alimento alguno desde la mañana anterior, protestaba con violencia. Era preciso encontrar algo comestible cuanto antes, y puesto que estaba seguro de no poder hallarlo en el desfiladero, le corría prisa salir de él.

Diez veces estuvo a punto de precipitarse de cabeza hacia una muerte segura, pero siempre pudo asirse en el último momento a una grieta o un saliente rocoso, y así, dos horas después de comenzar el descenso, ponía pie sobre un suelo más llano, mientras los primeros árboles del bosque se elevaban a su alrededor.

Inmediatamente emprendió la búsqueda de alimento, pero no le fue fácil encontrarlo. Las plantas comestibles que conocía y las raíces que estaba acostumbrado a desenterrar parecían faltar o, al menos, no ser tan abundantes en este valle como en el suyo. Al principio creyó que tendría que contentarse con insectos y caracoles, pero de pronto tuvo un golpe de suerte: un conejo salió huyendo de la espesura. Casi por instinto y sin apuntar, lanzó el venablo contra él. La punta de piedra afilada se hundió en el cuerpo del animal y KiFer tuvo a su disposición carne suficiente para un par de días.

Normalmente, habría hecho una hoguera para cocinarla, pero tenía tanta hambre que no pudo esperar y se comió crudo un buen pedazo.

Después de echar una ojeada a su alrededor, trató de orientarse localizando la posición del sol a través de las copas de los árboles y emprendió la marcha hacia el mediodía. En comparación con la montaña, el camino a través del bosque le resultó fácil, aunque la maleza, que a menudo se le enredaba en los pies o le obstruía el paso, le agotó mucho antes de lo que esperaba.

Acababa de detenerse para descansar un poco, cuando le sorprendió un ruido repentino que venía de un lugar situado a su derecha, no muy lejos de donde estaba. Siempre consciente de la posibilidad de encontrarse con algún peligro, alzó el venablo y escuchó con atención: el ruido continuaba, y esta vez pudo distinguir una voz humana mezclada con lo que parecían ser los gruñidos de una bestia salvaje.

Manteniéndose oculto entre los árboles, avanzó poco a poco en la dirección de donde procedía el ruido, que a medida que se iba aproximando llegaba con más claridad a sus oídos. De pronto se dio cuenta de que el bosque se aclaraba. En medio del espacio abierto vio una escena impresionante: un hombre solo, armado con un venablo, se enfrentaba a un animal feroz, un enorme oso de las cavernas. La fiera se había puesto de pie sobre las patas traseras y abría los brazos en actitud amenazadora. Su piel, totalmente negra en la semioscuridad que reinaba en el pequeño claro, estaba erizada, lo que le daba un aspecto realmente gigantesco. KiFer pensó que un solo golpe de esa zarpa tremenda sería suficiente para hundir el cráneo a su contrincante, quien parecía opinar lo mismo y lanzaba fuertes voces pidiendo auxilio. Pero éstos no producían el efecto deseado, pues nadie venía a ayudarle y ni siquiera un grito lejano indicaba que el socorro estuviese en camino.

Mientras se acercaba, KiFer había temido que alguno de los hombres que le seguían, los que había visto el día anterior al otro lado de las montañas, se encontrara en peligro. La situación habría sido muy difícil para él, forzándole a elegir entre prestar ayuda a un amigo en dificultades o seguir con su misión, pues estaba seguro de que TuLan o su compañero no le permitirían seguir buscando el Agua de la Vida si llegaban a alcanzarle. Por eso, al ver el rostro lampiño del hombre que se enfrentaba al oso y darse cuenta de que le resultaba completamente desconocido, sintió una intensa sensación de alivio.

Su primer impulso fue dar media vuelta y alejarse de allí cuanto antes. Hacerlo sería actuar de acuerdo con la costumbre, pues los hombres de tribus diferentes eran enemigos naturales y no tenían que ayudarse en caso de peligro. Sin embargo, la curiosidad le impulsó a quedarse donde estaba para ver en qué terminaba el desigual encuentro.

No tuvo que aguardar mucho. Cuando el hombre, sin duda desesperado de atraer la atención de sus compañeros, se lanzó hacia adelante, tratando de clavar su venablo en alguna de las partes vitales del oso, éste movió una de las patas anteriores con tal fuerza que el venablo se partió en dos, como si estuviera hecho de paja, mientras el desconocido, empujado por el impulso, caía en tierra a los pies de su enemigo.

Mientras el oso se preparaba a asestarle un golpe mortal, KiFer no pudo contenerse y saltó en medio del claro, lanzando su venablo. El arma rozó un costado del oso y cayó al suelo sin hacerle ningún daño. Posiblemente esto le salvó, pues el animal herido habría tratado de vengarse. En cambio, le dominó la sorpresa por la llegada de un nuevo adversario, o tal vez creyó que KiFer era la avanzada de un grupo de cazadores, pues se dejó caer a cuatro patas y se alejó lentamente a través del bosque, como si no quisiera perder la dignidad en una huida más acelerada.

El hombre caído se puso en pie muy despacio y miró largamente a KiFer. Luego se inclinó, recogió el venablo del chico y avanzó hacia él. Entendiendo mal su propósito, KiFer retrocedió un par de pasos, pero el desconocido se limitó a extender el brazo y ofrecerle el arma por el mango. Después de entregársela, dio media vuelta y volvió al lugar de la lucha, donde recogió los trozos de la suya y los guardó cuidadosamente, con evidente intención de repararla o, al menos, de aprovechar la punta de piedra para fabricarse otra nueva.

Mientras tanto, KiFer había tenido ocasión de observarle a placer y comprendió que se había equivocado al juzgarle. El hecho de que no tuviera barba le había hecho pensar, al principio, que se trataba de un joven. Quizá por eso le había ayudado, en un impulso que aún le resultaba inexplicable. Pero ahora vio que la cara y el cuerpo eran los de un hombre adulto, de unos veinte inviernos, con el pelo muy oscuro, curiosamente corto, y vestido únicamente con una prenda fabricada de la piel de algún animal que no supo identificar.

Después de recoger su venablo, el desconocido se volvió de nuevo hacia él y levantó la mano derecha con la palma abierta y los dedos extendidos, en inequívoca señal de paz. KiFer hizo el mismo gesto. Luego, el hombre se señaló a sí mismo y pronunció una sola palabra:

—Yalar.

El chico comprendió que le estaba diciendo su nombre y respondió de la misma manera:

—KiFer.

—¿Qué buscas en la tierra de los hombres? —preguntó Yalar en la lengua que KiFer entendía, aunque pronunciando las palabras de una manera ligeramente diferente.

El chico se preguntó qué querría decir con eso de "la tierra de los hombres". Entonces se acordó de que su gente también llamaba a su valle de la misma manera y comprendió que Yalar se refería al territorio de su propia tribu. Por primera vez en su vida se dio cuenta de que las mismas palabras pueden significar cosas distintas, según quien las pronuncie.

—Busco el Agua de la Vida, para curar a KaTun, el jefe, que está a punto de morir —respondió.

—¿El Agua de la Vida? Jamás he oído hablar de ella.

—Es muy largo de contar —repuso KiFer.

Un crujido lejano llamó la atención de los dos e interrumpió la conversación. KiFer se puso inmediatamente en guardia, pero Yalar pareció reconocer el origen del ruido, pues no dio señales de preocupación.

—Son mis compañeros —dijo. —No te harán daño. Me has salvado la vida y serás bien recibido. Ven conmigo. Esta noche, junto al fuego, nos contarás esa historia del Agua de la Vida.

KiFer inclinó hacia el suelo la punta del venablo y siguió a su nuevo amigo a través del bosque.

6. El poblado de Yalar

Y por eso me he puesto en camino para encontrar el Agua de la Vida y curar a mi padre —terminó KiFer, después de un largo relato en el que, por vez primera, no sólo se sentó alrededor del fuego con los hombres, sino que también tomó la palabra para contar una historia, como hacía en su tribu el viejo LaZen. Mientras hablaba, tuvo plena consciencia de ello y se sintió algo nervioso, pero trató de ocultarlo, al parecer con éxito, pues los cazadores de la tribu de Yalar le trataban como si estuviera a su mismo nivel, suponiendo, probablemente, que ya se había convertido en hombre entre los suyos. ¿Cómo, si no, le habrían permitido emprender solo esta asombrosa aventura? KiFer no tenía intención de desengañarlos.

Al terminar el relato, que habían escuchado pendientes de sus palabras, los hombres comenzaron a discutir entre ellos los pormenores, pero no hubo nadie que pudiera darle información útil para alcanzar su objetivo, ya que era la primera vez que oían hablar del Agua de la Vida, que no pertenecía a las leyendas de su gente. Sin embargo,

Yalar le aconsejó que siguiera con ellos hasta la cueva, donde podría preguntarle al viejo de la tribu, que quizá tuviera algo más que decirle.

Antes de decidirse a aceptar el consejo, KiFer se informó de la dirección que tendrían que seguir y del tiempo necesario para llegar a esa cueva, pues no quería perder demasiados días ni desviarse mucho respecto al camino que venía siguiendo, temiendo que KaTun muriera antes de que él pudiese regresar con el remedio. Sin embargo, Yalar le aseguró que la cueva estaba a poco más de un día de marcha a través del bosque, en dirección más o menos meridional.

—No tendrás que desviarte mucho —dijo, —y quizá el viejo sepa algo que te ayude a encontrar lo que buscas y recuperar el tiempo perdido.

A la mañana siguiente, mientras se preparaban a abandonar el lugar donde habían pasado la noche, KiFer se sorprendió al ver que uno de los compañeros de Yalar, el único que no era casi totalmente lampiño, tomaba un trozo pequeño de pedernal, plano y afilado, y se lo pasaba repetidas veces por el mentón, el cuello y las mejillas, después de haberse mojado con un poco de agua. Entonces comprendió.

—¡Así que tenéis barba —exclamó, —pero os la quitáis!

Yalar lanzó una carcajada.

—¿Es que los hombres de tu tribu no se quitan la barba? —le preguntó.

—No, todos la llevan larga.

—Pues tú no tienes.

—Es que aún no me ha salido.

—Es verdad, eres muy joven —dijo Yalar, mirándole atentamente. KiFer sintió que enrojecía y se odió a sí mismo por ello.

Durante la marcha hacia la cueva, Yalar le enseñó muchas cosas de la vida en el bosque: cómo reconocer las plantas comestibles, formas fáciles de encontrar alimento, cómo elegir un lugar adecuado para pasar la noche... KiFer le escuchó con atención, pues pensó que todo eso podría serle útil para el resto del viaje. Tanto Yalar como sus compañeros le dieron numerosas muestras de amistad, pero cuando llegaron a la cueva, mediado el segundo día, el viejo de la tribu salió a su encuentro con cara de pocos amigos.

—¿Qué significa esto? —exclamó, dirigiéndose a los cazadores. —¿Por qué traéis a este extranjero como si fuera un hombre libre?

—Cálmate, Malador, este hombre no es un enemigo —se apresuró a explicar Yalar. —Me ha salvado la vida y ha ganado el derecho a pasar por el bosque sin que le hagamos daño.

—No es la costumbre —replicó el viejo. —Todo extranjero que se acerque a nuestras tierras debe morir. Si se le captura vivo, ha de ser sacrificado para apaciguar la ira del Señor del bosque. Ésa es la costumbre.

—Normalmente, sí. Pero KiFer es un hermano para mí y no permitiré que le hagas daño. Además, he hablado con Salaver, el jefe, y con los demás cazadores, y todos están de acuerdo. El extranjero pasará libremente por nuestras tierras.

—Dices que es un hermano para ti. ¿Ya habéis realizado el rito?

—Aún no. Esperaba que tú lo hicieras.

Malador parecía dispuesto a negarse, pero Salaver, el jefe, tomó partido en favor de Yalar y el viejo no tuvo más remedio que obedecer, aunque de muy mal grado, pues las miradas que de vez en cuando dirigía a KiFer no auguraban nada bueno.

—¿Cuándo se celebrará el hermanamiento? —quiso saber Yalar.

—Esta noche, junto al fuego —repuso, con voz ronca, el viejo de la tribu.

—¿No podría ser ahora? KiFer tiene prisa. Sólo ha venido a hacerte algunas preguntas, Malador.

—Puede preguntar.

Pero, aunque KiFer le interrogó respecto al Agua de la Vida, Malador no pudo o no quiso responderle nada concreto y el chico comprendió que se había desviado en vano.

Ante la insistencia de Yalar para que la ceremonia tuviera lugar inmediatamente, Malador cedió. Pero KiFer observó que, al aceptar, sus ojos brillaban con una luz extraña y decidió mantenerse sobre aviso para no verse sorprendido por algún ardid del viejo.

El rito del hermanamiento era muy simple: consistía en producir una pequeña herida en los antebrazos de los dos participantes y en mezclar sus sangres. A partir de ese momento, debían considerarse como hermanos, apoyarse mutuamente frente a los enemigos y compartir la caza y otras necesidades de la vida.

Convocada la asamblea de los hombres de la tribu, Malador se colocó entre KiFer y Yalar, armado con un cuchillo de piedra y murmurando extrañas palabras, ininteligibles para ambos, que debían dar fuerza a la ceremonia y amenazaban con terribles males a quien no cumpliera las promesas. Estas salmodias y encantamientos no se expresaban en la lengua vulgar, sino en otra, mucho más antigua, que se había perdido y sólo se conservaba entre los conocimientos que el viejo de cada tribu transmitía a su sucesor. KiFer no sabía si se trataba de la misma lengua que utilizaba LaZen en circunstancias parecidas, aunque dudaba de que ninguno de los dos viejos comprendiera realmente el significado de las palabras que pronunciaba. Sin embargo, el efecto sobre los espectadores era impresionante y jamás habrían realizado una ceremonia importante sin utilizarlas.

Como había sospechado KiFer, Malador no tenía buenas intenciones, pues de pronto cesó en sus cánticos, giró bruscamente hacia él y trató de hundirle el cuchillo en el pecho. Como estaba atento, pudo parar el golpe, aunque recibió una herida superficial en el antebrazo izquierdo. En el breve forcejeo, el arma salió despedida de los dedos del viejo, impidiéndole intentar un nuevo ataque.

Furioso por la traición de Malador, Yalar le agarró por la garganta y trató de estrangularle, pero Salaver, el jefe, y varios de los hombres, se lo arrancaron de las manos.

—¡Déjalo! —ordenó el jefe. —Ha desobedecido mis órdenes y será castigado, pero no debes matarlo. Es el viejo de la tribu. Nos traería mala suerte.

Sujeto por dos hombres, y lanzando fuertes invectivas contra KiFer y Yalar, Malador fue arrastrado hacia la cueva. Salaver ordenó entonces al aprendiz que continuara dirigiendo los ritos, como si no hubiera ocurrido nada. En realidad, no quedaba mucho por hacer. Viendo que el antebrazo de KiFer sangraba en abundancia, el aprendiz se limitó a clavar un cuchillo en el de Yalar y ambos pudieron mezclar su sangre. Después de restañar las heridas con hojas medicinales, la ceremonia se dio por terminada. Inmediatamente, KiFer expresó su deseo de partir y Yalar se ofreció a acompañarle un trecho.

—Siento que no te quedes con nosotros —dijo, —pero comprendo que quieras marcharte. Rogaré al Señor del bosque que te ayude a encontrar el Agua de la Vida. Cuando vuelvas, pasa por aquí. Te estaré esperando.

—Volveré, si puedo. Pero, si encuentro el agua, tendré mucha prisa por llegar a la cueva.

—Lo comprendo.

De pronto, Yalar se detuvo, miró a su alrededor como para asegurarse de que nadie le oía, y dijo, bajando la voz:

—Cuando vuelvas, Malador no estará aquí.

KiFer lo miró, sorprendido.

—¿Piensas matarlo?

—Ya encontraré algún medio.

—No lo hagas. Recuerda lo que dijo el jefe. Podría traeros mala suerte.

—¡Bah! No creo en esas estupideces.

—Os quedaríais sin viejo de la tribu.

—El aprendiz sabe casi tanto como él. Es demasiado viejo. Ya es tiempo de que muera.

Por alguna razón que no supo explicarse, KiFer sentía angustia al pensar que Yalar podía matar a Malador por causa suya y siguió insistiendo para que abandonara la idea.

—Te ruego que no lo hagas. Él no me ha hecho nada.

—Intentó matarte.

—Debes hacerme ese favor. Ahora eres mi hermano.

—Está bien —se rindió Yalar. —Te prometo que Malador no morirá por mi mano.

—Gracias.

Yalar extendió un brazo y tocó ligeramente el hombro de KiFer, mientras le miraba directamente a los ojos.

—Eres extraño —exclamó. —A veces no te comprendo. Pero me alegro de haberte conocido.

Y dando media vuelta, regresó a su cueva.

7. El lago

Cuando KiFer abandonó la cueva, faltaban aún varias horas para la puesta del sol, por lo que pudo adelantar un buen trecho antes de que la oscuridad le forzara a detenerse. Esa noche comió algunos alimentos que Yalar había insistido en que se llevara, y durmió al pie de una copuda haya en el mismo bosque que cobijaba a su amigo, que era muy extenso y cubría casi todo el valle.

Al día siguiente, a cosa de mediodía, encontró por fin el límite meridional del bosque. Entonces se preguntó, y no por primera vez, cómo podrían cruzarlo los bisontes, cuyos grandes rebaños venían precisamente del sur. Era una cuestión que le preocupaba, pues no sabía cómo podría arreglárselas si uno de esos rebaños le cortara el camino. Pero ahora, observando las paredes rocosas que bordeaban el valle, llegó a la conclusión de que la ruta de las migraciones no pasaba por allí. Al parecer, el desfiladero que le permitió cruzar las montañas sólo era la entrada de este territorio estrecho y alargado en que se hallaba, y el camino de los bisontes debía quedar más lejos, hacia la salida del sol. La seguridad de no encontrarse con ellos, al menos por el momento, le alivió mucho.

En la parte meridional, el valle no terminaba, como el de su tribu, en una cordillera montañosa, sino en una tierra de lomas y colinas poco elevadas y desprovistas de vegetación, que ondulaban el terreno y aproximaban el horizonte. Como la región no parecía muy propicia para buscar comida, decidió perder algunas horas procurándosela en el bosque y hacer acopio de alimentos para un par de días. Las enseñanzas de Yalar le fueron muy útiles y no tardó mucho en encontrar lo que buscaba.

El paso de las colinas le costó dos días y se le hizo eterno. Aunque era más fácil que el de las montañas, los continuos ascensos y descensos y los cambios de dirección, lo hacían muy fatigoso. Cada vez que se aproximaba a una cima, esperaba descubrir que era la última, quedando decepcionado al divisar otra igual un poco más lejos. Pero todo llega a su fin, y también la tierra de lomas terminó. Al poner pie sobre la cumbre de una colina, vio al otro lado un paisaje completamente diferente: una llanura inmensa, cubierta de hierbas cortas, que se extendía hasta perderse en dirección al sur. A la izquierda, casi en el límite de su vista, una sábana de agua reflejaba cegadora los rayos del sol.

—¿Será esa el Agua de la Vida? — se preguntó.

Como no podía responder a la pregunta, decidió desviarse hacia el lago para ver si podía encontrar algún indicio que le ayudara a resolverla. De todas formas, no tenía muchas esperanzas de que el objetivo de su búsqueda estuviera tan cerca, pues los peligros que había tenido que vencer hasta entonces no habían sido tan grandes como había supuesto, basándose en los relatos de LaZen. Por otra parte, el lago estaba demasiado cerca de la cueva de Yalar, apenas a dos o tres días de distancia. No era probable que la tribu ignorase las poderosas propiedades benéficas de unas aguas tan próximas. No, era evidente que aquélla no podía ser el Agua de la Vida, aunque tenía que asegurarse de alguna manera antes de seguir adelante.

A la caída de la tarde se encontraba muy cerca del lago, pero decidió aguardar hasta el día siguiente para aproximarse a la orilla. Estaba buscando un lugar adecuado para pasar la noche, cuando le sorprendió distinguir un resplandor rojizo a corta distancia hacia la izquierda. Naturalmente, tenía que descubrir quién estaba allí antes de poder entregarse al sueño, por lo que se acercó muy despacio, procurando no hacer el menor ruido. La hoguera no estaba lejos, y cuando llegó a su altura le sorprendió ver que sólo había una persona junto a ella, una mujer, o más bien una muchacha, más o menos de la misma edad que él.

Durante algún tiempo, permaneció oculto entre las sombras, observándola. Tenía el pelo oscuro y estaba cubierta con pieles cosidas, pero no fue en eso en lo que se fijó al principio, sino en su actitud. Parecía temerosa y con frecuencia dirigía miradas asustadas en todas direcciones, especialmente cuando alguno de los muchos ruidos de la noche la sobresaltaba. Era evidente que estaba sola, que no esperaba a nadie, que más bien temía que alguien se acercase.

Al cabo de un rato, decidió presentarse ante ella, pues quería interrogarla respecto a las aguas del lago y pensó que era más seguro dirigirse a una mujer sola que a un hombre o un grupo de cazadores que, probablemente, tratarían de matarle. Para avisarle de su presencia, pisó a propósito una rama seca, que crujió con estrépito, y luego avanzó muy despacio, hasta hacerse visible a la luz del fuego. La respuesta de la muchacha fue instantánea: rápida como un rayo, se volvió hacia el lugar de donde procedía el ruido, asió un cuchillo de piedra y se preparó a defenderse. KiFer se apresuró a tranquilizarla, diciendo:

—No tengas miedo, no voy a hacerte daño.

Sin cambiar de actitud, la muchacha contestó en la misma lengua, aunque tuvo gran dificultad para comprenderla, tan diferente era su pronunciación de la que él estaba acostumbrado a oír:

—No tengo miedo. Sé defenderme.

Recordando la forma en que Yalar le había dicho su nombre cuando se conocieron, el chico se señaló a sí mismo y dijo:

—KiFer.

Pero ningún gesto semejante respondió al suyo. Entonces, para demostrar sus buenas intenciones, dejó caer al suelo el venablo y el cuchillo y se separó algunos pasos, sin acercarse a la hoguera. La muchacha se relajó visiblemente, pero no abandonó la postura defensiva ni la expresión desconfiada. Por fin, cediendo a la curiosidad, le preguntó:

—Tú no eres de la tribu. ¿Por qué has venido al país de los hombres?

Esta vez, KiFer no se sorprendió al oír el nombre de la tierra donde ahora se encontraba, y se apresuró a explicar las razones de su viaje.

—Estoy buscando el Agua de la Vida. ¿Sabes dónde puedo encontrarla?

—Es la primera vez que oigo hablar de ella.

—En tu tribu ¿no empleáis las aguas del lago para curar a los enfermos?

Una breve risa demostró que la muchacha estaba ya mucho más tranquila.

—Sólo las usamos para beber y para pescar —repuso.

—Entonces tendré que seguir buscando —dijo KiFer, en voz baja, como hablando consigo mismo.

Una mirada de interés se extendió por el rostro de la chica, que parecía dispuesta a indagar más, pero que no pudo hacerlo, pues en ese momento se produjo una interrupción inesperada.

Un hombre acababa de penetrar en la zona iluminada por la hoguera. Era achaparrado y peludo, pero de aspecto fuerte y, al ver su rostro, KiFer se estremeció, pues jamás había visto nada tan horrible: la frente baja y huidiza, contraída en un ceño perpetuo, y una enorme cicatriz que le atravesaba la mejilla, desde el ojo izquierdo hasta la parte posterior de la quijada, le deformaban por completo, proporcionándole una expresión de rabia que probablemente no se alejaba mucho de la realidad.

Al ver aparecer al recién llegado, la joven dejó escapar un grito de terror, pero en lugar de huir permaneció donde estaba, sin soltar el cuchillo, que aún sostenían sus dedos. Después de dirigir una breve mirada furibunda hacia KiFer, el hombre le ignoró y dijo a la muchacha:

—¡Por fin te encuentro, Leda! Me has hecho perder mucho tiempo. ¿Quién es este niño que está contigo?

KiFer se indignó al oírle. En realidad, no había dicho más que la verdad, pues él no había realizado aún ninguna hazaña que le diera derecho a considerarse hombre, pero se había acostumbrado a que le trataran como tal en su breve estancia con Yalar y sus compañeros y le molestaba volver a su situación anterior. Sin embargo, no tuvo ocasión de protestar, pues la conversación entre los otros dos continuaba y los acontecimientos se precipitaron.

—A ti no te importa, Leucon —respondió la chica. —Y será mejor que te metas esto en la cabeza: no pienso volver a la tribu, y menos contigo.

—Eso vamos a verlo —contestó el hombre de la cicatriz, avanzando hacia ella y extendiendo el brazo, con evidente intención de asirla. Pero antes de que pudiera alcanzarla, Leda había dado un salto atrás, mientras KiFer, con un movimiento rápido, se interpuso entre los dos. Al verle, el hombre llamado Leucon se detuvo.

—¡Quítate de mi camino! —exclamó con furia. —Yo no peleo con niños.

—Pues tendrás que pelear conmigo —repuso KiFer.

Leucon se lanzó hacia adelante como un elefante a la carga, y con un rápido golpe del hombro empujó a KiFer hacia un lado. El chico, que no llevaba armas, pues no las había recogido del lugar donde las dejó para tranquilizar a Leda, no pudo resistir el impacto y cayó al suelo, pero se revolvió rápidamente y se agarró a la pierna de Leucon, impidiéndole avanzar. Entonces el hombre, echando espumarajos de rabia, dedicó al fin toda su atención a KiFer, que sintió que un peso enorme le apretaba el pecho, mientras recibía golpes continuos en el rostro. A pesar de todo, resistió cuanto pudo sin soltar la pierna de su enemigo, aunque sentía que se le acababan las fuerzas.

8. Un trato

De pronto, se sintió libre. Estaba aturdido, la cabeza le daba vueltas, y tardó un momento en darse cuenta de lo que ocurría. Por fin, incorporándose, vio a Leucon, que se apretaba el hombro con la mano, mientras Leda se le enfrentaba a corta distancia.

—No creas que te vas a escapar —decía el hombre. —Esta vez te has librado, pero la próxima no te será tan fácil.

—Primero tendrás que alcanzarme. Aún tengo el cuchillo —repuso la muchacha, blandiendo el arma ensangrentada.

El hombre la miró con gesto de furia, pero no se atrevió a intentar nada, dio media vuelta y se alejó de la hoguera, mientras KiFer se ponía en pie lentamente.

—¿Qué ha pasado? —preguntó.

Leda, que había seguido a Leucon con la mirada hasta que se perdió de vista, se volvió hacia él y dijo simplemente:

—Mientras peleabais, aproveché para apuñalarle.

—Pero ¿por qué te busca?

La muchacha respondió con desprecio.

—Quería hacerme su compañera, pero yo no le acepté. Entonces, mató un antílope, lo dejó ante mi tienda y consiguió que Mardes, el jefe, se pusiera de su parte. ¡Decía que yo era suya! ¡Ningún hombre puede decir eso sin que yo lo diga también! Para librarme de él, tuve que marcharme de la tribu. No pude llevarme más que este cuchillo, que tan bien me ha servido, pero esperaba que Leucon me seguiría. Es muy testarudo, no cede hasta conseguir lo que se propone. Pero yo soy tan testaruda como él.

—¿Qué piensas hacer ahora?

—Marcharme de aquí. Leucon está herido, pero la herida no es grave. Por esta noche no tendré que temer, pero mañana saldrá otra vez a perseguirme, y no vendrá solo. Tiene amigos.

Leda miró a KiFer durante algún tiempo, como si dudara. Luego añadió:

—Tú también debes marcharte. Si te encuentra, te matará. ¿Por qué lo hiciste?

—¿Por qué hice qué?

—¿Por qué me defendiste? Leucon es más fuerte que tú, no podías vencerle. Si yo no le hubiese herido, te habría matado.

—No sé por qué lo hice. No me gusta que los hombres se aprovechen de los débiles, las mujeres o los niños. Seguramente por eso.

Leda no pareció muy convencida con la explicación, pero no dijo nada. Sin embargo, al cabo de un rato, mientras apagaba el fuego, volvió a romper el silencio:

—¿Hacia dónde vas a ir para buscar el Agua de la Vida?

—Hacia el mediodía. Sé que está en esa dirección, aunque no sé dónde ni a qué distancia.

—Entonces te acompañaré.

KiFer se volvió sobresaltado. No esperaba la proposición, pero pronto se dio cuenta de sus ventajas: dos personas, viajando juntas, podrían turnarse para vigilar de noche y estarían expuestas a menos peligros. También sería más fácil capturar presas de caza, pues podrían hacer relevos al perseguirlas. Por eso su rostro se iluminó mientras respondía:

—¡De acuerdo! Puedes venir conmigo.

—Espera, quiero aclarar una cosa. Si voy contigo, estarás en peligro. Si nos separamos, Leucon me perseguirá sólo a mí: yo soy quien le interesa. Si vamos juntos y nos alcanza, te matará.

—Eso no me preocupa.

—No he terminado. Si quieres que vaya contigo, debes aceptar dos condiciones. De lo contrario, yo seguiré mi camino y tú el tuyo.

—Di cuáles son esas condiciones.

—La primera, que tú no eres el jefe. No puedes mandarme. En la caza, en la elección del campamento o del camino, discutiremos lo que haya que hacer. Si no nos ponemos de acuerdo, nos separaremos.

—La acepto. ¿Cuál es la segunda?

—Que me prometas que no tratarás de tomarme como compañera ni te aprovecharás de que estamos solos. Ya has visto que sé defenderme.

—No era necesario que me lo dijeras.

—Prefiero que todo esté claro.

—¿Eso es todo? —preguntó KiFer, algo molesto.

—Sí.

—Entonces, vámonos.

Tras estas palabras, los dos se pusieron en camino. Pero antes de dos horas, KiFer tuvo que reconocer que estaba totalmente agotado. Después de marchar durante un día entero, con poco alimento y ningún descanso, había tenido que pelear con un hombre más fuerte que él y renunciar al reposo nocturno. Era demasiado. Leda se dio cuenta y propuso que se detuvieran.

—Descansemos un poco. Más tarde podemos seguir.

Agradecido, KiFer se dejó caer al suelo y se durmió inmediatamente. Leda trató de luchar contra el sueño para vigilar, pero el día había sido también muy duro para ella y pronto se dio cuenta de que no podría resistir. Entonces se recostó en tierra, mientras pensaba:

—Si estuviera sola, tendría que dormir de vez en cuando...

Ninguno de los dos se despertó hasta el alba. Entonces, asustados por el tiempo perdido, engulleron apresuradamente unos bocados y reanudaron la marcha.

Era mediodía cuando una nube de polvo que se levantaba hacia el sur llamó la atención de Leda.

—¡Mira hacia allí! ¿Qué te parece que puede ser?

KiFer se detuvo, protegió los ojos con el brazo y esforzó la vista, pero el polvo era muy espeso y no pudo ver de qué se trataba. Sin embargo, sabía lo que era. Lo había visto en más de una ocasión.

—¡Son los bisontes! Van hacia la tierra de mi tribu, como todos los años. Por suerte, no parece que vayan a pasar por aquí. Es imposible detenerlos.

A su lado, Leda contemplaba pensativa la nube de polvo.

—¿Cuánto tiempo tardarán en pasar? —preguntó al fin.

—Varios días, si el rebaño muy grande. Y lo parece.

—Si nos damos prisa ¿crees que podríamos cruzar su camino antes de que nos alcancen?

KiFer la miró, sorprendido.

—¿Para qué? Sería muy peligroso.

—Porque, si lo conseguimos, Leucon habrá perdido nuestra pista.

—¡Tienes razón! —exclamó KiFer, dándose una palmada en el muslo. —¿Cómo no se me ha ocurrido? ¡Vamos! Si queremos pasar, tenemos que darnos prisa.

Sin perder tiempo en una palabra más, reanudaron la marcha. A medida que se acercaban a la nube de polvo, ésta parecía más impresionante. Debía de ser un rebaño inmenso. "¡Pobre del que se les ponga delante!" pensó KiFer, algo asustado, mientras miraba con admiración a Leda, que no sólo no daba señales de tener miedo, sino que parecía incluso divertirse.

Suponiéndole más experto, por el hecho de ser varón, en todo lo relativo a la caza, Leda había dejado a KiFer la dirección a seguir para cruzar el camino de los bisontes, ignorando que, hasta aquel año, el chico no había formado parte de una simple partida de cazadores. Muy consciente de sus deficiencias, pero deseoso de quedar bien ante la muchacha, KiFer trató de calcular la velocidad de avance de la nube de polvo y se dirigió a un punto, al otro lado de la ruta, que le pareció lo bastante alejado como para poder alcanzarlo antes de la llegada de la vanguardia.

Mientras cruzaban corriendo por delante de la nube, ésta se aproximó a ellos mucho más de prisa de lo que KiFer había calculado. De pronto, las primeras ráfagas de polvo se aclararon y en lugar de una masa informe y blanquecina apareció la primera fila del ejército de rumiantes: treinta o cuarenta machos enormes, jorobados, de puntiagudos cuernos, que trotaban con un ritmo constante, rápido y regular, capaz de tragarse grandes distancias, pues lo mantenían día tras día, con algunas pausas para alimentarse. Al verlos, KiFer creyó desfallecer.

—¡No lo conseguiremos! —gritó, deteniéndose desesperado.

—¡Sigue! —ordenó Leda, asiéndole de la mano y tirando de él hacia adelante. —¡Ya falta poco!

KiFer recorrió los últimos metros a trompicones, casi sin ver por dónde iba, y más tarde tuvo que reconocer que, de no ser por la muchacha, habría sido arrollado por los bisontes. Pero el punto que había seleccionado al principio estaba bien elegido y el cálculo del tiempo necesario para alcanzarlo, aunque un poco justo, tampoco resultó equivocado. Una vez fuera de peligro, mientras veían pasar ante ellos, en compactas filas, al gran rebaño, Leda le felicitó por su habilidad. KiFer sintió que no lo merecía, pero no supo explicarse y se limitó a murmurar incoherencias en voz baja.

El esfuerzo había sido grande, pero había valido la pena: Leucon tardaría varios días en cruzar el camino del rebaño y, para entonces, su rastro sería viejo. De momento podían considerarse a salvo. Y como estaban muy cansados y el sol se acercaba a poniente, recolectaron algunas raíces para completar la cena, se apartaron un poco más de los bisontes, para evitar verse atropellados si su marcha se desviaba casualmente, y se echaron en tierra, disponiéndose a pasar la noche allí mismo y sin molestarse en encender fuego ni en hacer guardias.

A pesar del rumor continuo del paso de los rumiantes, que no se detuvo en varias horas, no les habría costado trabajo conciliar el sueño. Pero antes de que lo consiguieran, un ruido brusco muy próximo les hizo incorporarse con sobresalto y vieron la figura de un hombre que, de pie a pocos pasos y con un venablo en la mano, les contemplaba en silencio.

9. Un encuentro

Al darse cuenta de la presencia del recién llegado, KiFer se puso en pie de un salto, echando mano a su venablo, mientras Leda buscaba ansiosa el cuchillo. Pero el desconocido lanzó una sonora risotada y dijo, con una voz que el chico reconoció inmediatamente:

—Creo que un hermano tiene derecho a mejor recibimiento.

—¡Yalar! ¿Eres tú? ¿Qué ha pasado? ¿Por qué estás aquí? ¿Cómo nos has encontrado?

—¡Calma, calma! Demasiadas preguntas. Ya te lo contaré todo. Pero antes, dime tú. ¿Quién es ella? —añadió, señalando a Leda.

—Yo también tengo mucho que contar —respondió KiFer, sin responder directamente a la pregunta. Luego, para tranquilizar a la muchacha, que aún desconfiaba, se apresuró a explicarle quién era Yalar y en qué circunstancias le había conocido.

Poco después, sentados alrededor de una fogata que Yalar se encargó de encender, y mientras comían algo de carne asada que éste traía consigo, KiFer hizo a sus dos compañeros un relato completo de sus aventuras, desde el momento en que su padre fue herido por el bisonte y él abandonó el territorio de su tribu para buscar el Agua de la Vida. Aunque Yalar ya conocía la primera parte, la muchacha la ignoraba todavía. Cuando terminó, KiFer volvió a preguntar a su amigo la razón de su repentina aparición en aquel lugar, tan lejos del valle. Yalar se acomodó, disponiéndose a comenzar una larga historia, tomó la palabra y dijo:

—Recordarás que te prometí que Malador, el viejo de la tribu, no moriría por mi mano. En mala hora cedí, habría sido mejor no haber cumplido la promesa. Malador me odiaba y había decidido matarme. Pero es viejo y débil, y no se atrevió a luchar como un hombre.

"La noche siguiente al día en que tú te marchaste, buscó la ayuda de Lifar, su aprendiz, y los dos trataron de apuñalarme mientras yo dormía. Por suerte, ellos no están acostumbrados a seguir en silencio la pista de una presa y yo tengo el sueño ligero, me desperté sobresaltado, me di cuenta de lo que ocurría y me defendí. Lifar probó el filo de mi cuchillo, pero Malador, al verse sorprendido, empezó a gritar pidiendo auxilio y despertó a toda la tribu. Entonces me acusó de haber querido matarle, dando la vuelta a las cosas y presentándolo todo como si yo fuese el atacante y él la víctima. Salaver, el jefe, recordó que yo lo había intentado ya una vez, le creyó, a pesar de mis protestas, y allí mismo, en plena noche y en presencia de todos, me expulsó de la tribu sin darme tiempo a llevarme más que el venablo. Supongo que todas mis cosas las tiene ahora Malador. Sólo me alegro de haber hecho morder el polvo a Lifar, ese perro traidor.

—Entonces ¿no podrás volver con tu tribu? —preguntó KiFer, que estaba horrorizado, pensando que todas estas cosas le habían ocurrido a su amigo por su culpa.

—Tal vez sí. No todos se dejaron engañar por Malador. Algunos me creyeron a mí. Quizá el jefe me deje volver después de que el viejo muera. Me parece que él mismo no está muy seguro de lo que pasó, pero ha querido evitar problemas y, como no podía expulsar al viejo de la tribu, me ha expulsado a mí. Claro que, si yo vuelvo y Lifar vive, será mi enemigo.

—Pero ¿cómo has conseguido encontrarnos?

—No es difícil, para un cazador, seguir una pista, aunque no esté muy fresca —sonrió Yalar. —Tus huellas estaban claras cuando partí en tu busca. Expulsado de la tribu, no tenía a nadie en el mundo excepto a mi hermano KiFer, y decidí reunirme con él y ayudarle a encontrar el Agua de la Vida.

"Te seguí a través del bosque y de las colinas, pero al llegar a la pradera de hierbas perdí tu rastro. Durante algún tiempo no supe a dónde dirigirme. Sabía que tú ibas hacia el mediodía, pero supuse que te desviarías hacia el lago para comprobar si sus aguas eran las que buscabas. Por suerte, cuando os vi cruzar delante de los bisontes, no estaba lejos y te reconocí. Entonces procuré que el rebaño no nos separara, y he empleado el resto de la tarde en llegar hasta aquí. Eso es todo.

KiFer explicó a Yalar el acuerdo que había hecho con Leda, pues la muchacha insistió en que se aplicase también en las nuevas circunstancias. Aunque a regañadientes, Yalar no tuvo más remedio que aceptarlo, con gran despecho por su parte, pues no era costumbre entre los suyos tratar a una mujer en plano de igualdad con los hombres. Sin embargo, Leda había demostrado que era digna de los privilegios que exigía. Por otra parte, la situación era especial: los tres estaban solos y habían perdido contacto con sus tribus respectivas, por lo que lo mejor que podían hacer era unir sus fuerzas, y como KiFer era el único que tenía un objetivo en la vida, una misión que cumplir, y además podía volver a su tribu sin peligro y cuando quisiera, lo lógico era seguir el camino que él eligiese. En consecuencia, eso fue lo que se decidió.

A la mañana siguiente, mientras los bisontes continuaban su larga marcha hacia el norte, ellos se pusieron en camino en dirección contraria y recorrieron un buen trecho sin que nada especial les sucediera. Cada vez que miraba a las grandes bestias, KiFer sentía el deseo de abatir una de ellas, pero comprendía que Yalar y él eran pocos para intentar capturar una presa tan grande, incluso contando con el auxilio que pudiera prestarles Leda, que no podía ser muy grande, debido a su falta de experiencia. Sin embargo, el paso del gran rebaño les facilitó la búsqueda de caza menor, pues muchos animales pequeños, asustados por los grandes herbívoros, huían en todas direcciones a su paso, expulsados de sus refugios, y eran presa fácil de los predadores que seguían en gran número la columna de los bisontes. KiFer, Leda y Yalar pudieron capturar, en más de una ocasión, y sin demasiadas dificultades, alguna liebre y otros animales que les proporcionaron una buena provisión de alimentos, sin hacerles perder demasiado tiempo.

Durante tres días, las cosas continuaron de la misma manera. Pero, por fin, el número de los bisontes comenzó a decrecer y se abrieron en sus filas claros cada vez más grandes, hasta que sólo se cruzaron con unos pocos rezagados del gran rebaño, que apresuraban el paso para alcanzarlo, mientras la nube de polvo se iba haciendo cada vez más pequeña en la lejanía. A partir de entonces, KiFer y sus compañeros se encontraban de nuevo solos, desprotegidos y reducidos a sus propios recursos, en medio de la inmensa llanura de hierbas, que se perdía en todas las direcciones a su alrededor, excepto hacia el norte, donde las montañas que marcaban el fin del territorio de la tribu del chico eran aún débilmente visibles en el horizonte.

Aquella noche, por primera vez desde que se habían reunido, tomaron precauciones especiales al elegir el lugar apropiado para hacer la hoguera, pues temían que el resplandor pudiera ser visible desde lejos, denunciando su presencia y su posición a Leucon y sus amigos. Además, establecieron turnos de guardia muy estrictos y vigilaron durante toda la noche, en previsión de algún ataque por sorpresa. Sin embargo, nada ocurrió, y los primeros rubores del alba les encontraron dispuestos a continuar el viaje.

Aunque mantuvieron las mismas precauciones durante los días sucesivos, sólo los aullidos de los lobos alteraron su reposo nocturno, sin que estos animales, asustados por el fuego, se atrevieran a acercarse lo suficiente como para obligarlos a defenderse. Poco a poco, fueron llegando a la conclusión de que Leucon había perdido su rastro definitivamente y que, abandonando la persecución, habría vuelto al campamento, por lo que ya no sería necesario continuar con una vigilancia tan estricta.

Ese mismo día avistaron el fin de la pradera. En el límite meridional del alcance de su vista, apareció una selva mucho más tupida que la que protegía el territorio de la tribu de Yalar, hasta el punto de que, a la distancia en que se encontraban, parecía una masa compacta e impenetrable de verdura. A lo largo del día siguiente, a medida que se aproximaban al bosque, pudieron ver que éste era incluso menos acogedor de lo que habían supuesto. Más de una vez, el valor de KiFer vaciló al pensar en introducirse en un lugar así, poblado en su imaginación de monstruos gigantescos y terribles, pero no quiso mostrar temor ante sus amigos, hizo de tripas corazón y siguió adelante imperturbable, sin sospechar que la aparente tranquilidad de los otros dos podía ser tan artificial como la suya.

Era media tarde cuando por fin llegaron a la selva, en la que penetraron inmediatamente para aprovechar las últimas horas de luz, aunque la compacta bóveda de las copas de los árboles apenas dejaba pasar un rayo de sol hasta las profundidades donde ellos se encontraban. Estaban buscando un pequeño claro donde montar una fogata, sin peligro de incendiarlo todo, cuando un tremendo rugido les hizo detenerse en seco y echar mano apresuradamente de las armas.

10. En el bosque

Un segundo rugido, que resonó un momento después, permitió a Yalar identificar a la bestia que lo producía.

—Es un león de las cavernas —susurró. —Pero no comprendo qué hace aquí. Esas fieras no suelen vivir en la selva.

—¿Vamos a ver qué está haciendo? —sugirió Leda.

—No tenemos más remedio. No podríamos dormir tranquilos. ¿Estás de acuerdo, KiFer?

El chico habría preferido mil veces huir muy lejos de allí, pues no tenía ningún deseo de encontrarse por primera vez en su vida con el temible león de las cavernas, en un lugar tan oscuro y traicionero. Sin embargo, comprendió que Yalar tenía razón y asintió a la propuesta.

Moviéndose con grandes precauciones, los tres amigos se aproximaron al lugar de donde aún procedían los rugidos.

—Parece que no se mueve —dijo Yalar. —Esto es muy raro.

En efecto, un momento después llegaban al borde de un claro, en el centro del cuál pudieron ver el escenario de una tragedia. Un enorme león de las cavernas, el más grande que Yalar había visto nunca, estaba preso en una trampa, formada por una cuerda de lianas que se le había enrollado al cuello y de la que no conseguía soltarse, a pesar de sus desesperados esfuerzos. A sus pies, el cadáver de un hombre indicaba claramente que el dueño de la trampa había querido apoderarse de su presa, pero dejó la vida en el intento. Un zarpazo fortísimo del león le había arrancado de cuajo la cabeza, que rodó casi hasta un extremo del claro, quedando el cuerpo a los pies de la fiera. Pero el león no lo había devorado, pues todos sus esfuerzos, hasta entonces infructuosos, se dirigían al único objetivo de recuperar la libertad.

—¿Qué va a ocurrir? —preguntó KiFer, horrorizado.

—Si ese hombre pertenecía a alguna tribu, sus compañeros matarán al león. Pero si estaba solo, el león morirá de hambre.

—Estaba solo —intervino Leda.

—¿Por qué?

—Porque si hubiera tenido compañeros, habría esperado a que llegaran antes de luchar con un animal tan grande.

—Si un hombre mata sin ayuda a un león de las cavernas, se convierte en un héroe —repuso Yalar. —Tal vez éste quiso adelantarse a los demás. Pero eso a nosotros no nos importa. Podemos seguir tranquilos. La cuerda es fuerte. No se soltará.

De pronto, KiFer se sintió presa de una inexplicable emoción. Tal vez tenía la necesidad de demostrar algo. En los últimos días, su puntería en la caza no había sido muy buena, Yalar y Leda le habían superado muchas veces. Justamente esa misma tarde, poco antes de llegar al bosque, había intentado capturar un conejo, pero el venablo se le quedó corto. Y lo peor fue que la muchacha, que había lanzado una piedra un instante después, le acertó limpiamente. Aunque ella no se jactó de su hazaña, KiFer había estado rumiando la humillación durante mucho rato. Quizá fue eso lo que ahora, al ver al león desesperado y condenado a muerte, le impulsó a decir, con voz temblorosa:

—¿Vamos a dejarle morir de hambre?

Yalar le miró con sorpresa.

—¿Qué quieres? ¿Que lo matemos? Ya has visto lo que ha hecho con ése.

—Podríamos soltarle —repuso el chico.

—¡Estás loco, muchacho! Si lo soltamos, nos atacará.

KiFer se enfureció porque, por primera vez desde que se conocían, Yalar le trataba como a un niño, y además lo hacía en presencia de Leda, lo que empeoraba mucho las cosas. Desde que estaban juntos los tres, y a pesar de las condiciones que les había impuesto la muchacha, entre KiFer y Yalar había surgido una solapada competencia que a menudo les empujaba a hacer cosas que, en condiciones normales, jamás habrían intentado.

—Si tienes miedo, súbete a un árbol —dijo, mirando desafiante a su amigo, —pero yo voy a soltar al león.

—Veo que tienes prisa en morir —repuso Yalar. —¿Quién llevará a tu padre el Agua de la Vida?

—Eso no te importa —respondió KiFer, avanzando hacia el claro. —He decidido hacerlo. Si quieres impedírmelo, tendrás que luchar conmigo.

Yalar se encogió de hombros y permaneció inmóvil, pero Leda exclamó:

—¡No, KiFer, no vayas!

Pero él la ignoró y se mostró abiertamente ante el león, que había dejado de rugir desde que comenzó la discusión y miraba fijamente en dirección a ellos, en completo silencio. Ahora, al aparecer el muchacho, gruñó sordamente, pero permaneció atento y dispuesto a atacar a la primera oportunidad.

KiFer avanzó muy despacio, sintiendo en el fondo de su alma la locura de lo que estaba haciendo y no muy seguro de lo que iba a hacer después. Al llegar a unos diez pasos del león, se detuvo, tratando de forjarse un plan, pero su inteligencia parecía haberse nublado y no se le ocurría nada practicable. Por fin, sintiendo que no podía fallar ante sus amigos después de la actitud que había tomado, logró dominarse y estudió atentamente la situación.

La trampa que sujetaba al león era muy ingeniosa: estaba formada por varias cuerdas entretejidas, cada una de las cuales se anclaba en un árbol próximo, inmovilizando casi totalmente a la fiera, aunque no por completo, como demostraba el cadáver tendido ante ella. Por fin, después de observar durante mucho rato, KiFer encontró una solución: si conseguía cortar una de las cuerdas, precisamente la que estaba situada a espaldas del león, éste recuperaría suficiente libertad de movimientos para poder librarse solo de las restantes, pero tardaría algún tiempo en conseguirlo, lo que le proporcionaría a él la oportunidad de alejarse y volver con sus compañeros. Sin embargo, siempre quedaba el riesgo de que la fiera, una vez libre, los atacara. Pero eso era inevitable y ya no podía volverse atrás.

Afortunadamente, la cuerda que quería cortar estaba fuera del alcance de las zarpas del león. Moviéndose con precaución, avanzó lentamente mientras el animal giraba la cabeza para seguir sus movimientos, gruñendo con más intensidad a medida que KiFer se acercaba. Sin embargo, no llegaba a rugir y sus ojos amarillo—verdosos desprendían una luz que indicaba más curiosidad que rabia.

En cuanto alcanzó el lugar adecuado, tomó el cuchillo y se dispuso a cortar la cuerda. Lo hizo con un movimiento brusco, para terminar cuanto antes. En cuanto vio que las lianas se desgarraban, y que no resistirían los esfuerzos del león, trató de emprender una veloz carrera para buscar refugio entre los árboles, al otro lado del claro, donde estaban sus amigos. Pero la fiera se percató inmediatamente del cambio de situación y no le dio tiempo. Con dos zarpazos se deshizo del resto de las ataduras y quedó libre, muy cerca de KiFer y con los ojos clavados en él.

Durante un tiempo que les pareció eterno, pero que quizá no duró más de unos segundos, todos permanecieron en absoluta inmovilidad. Ni siquiera el león movía la cola, como suele hacer este animal en momentos de nerviosismo, pero tampoco la mantenía rígida y horizontal, como cuando se dispone a atacar.

De pronto, se adelantó dos o tres pasos arrugando el hocico, como si tratara de captar el olor de KiFer. Luego dirigió una mirada vigilante hacia el lugar donde se encontraban Yalar y Leda, giró lentamente en redondo y se alejó hacia el interior del bosque, desapareciendo en pocos momentos, sin volver la cabeza.

Por un instante, KiFer no se atrevió a moverse, dudando todavía del testimonio de sus ojos, que le indicaba que el peligro había desaparecido. Después, bruscamente, sus músculos parecieron aflojarse y estuvo a punto de caer al suelo, pero se dominó rápidamente y corrió hacia los árboles, donde Leda y Yalar le contemplaban asombrados e incrédulos.

Sin pronunciar una sola palabra, en tácito reconocimiento de que no era el momento ni el lugar, Yalar empuñó sus armas y se alejó del claro, que no consideraba adecuado para pasar la noche, después de lo que había ocurrido en él. Durante largo rato, los tres avanzaron como en sueños en dirección opuesta a la seguida por el león, mientras la luz disminuía rápidamente envolviendo la selva en una oscuridad absoluta.

Una hora más tarde, hallaron otro claro, que interrumpía la cúpula del bosque y dejaba ver las estrellas. Tras encender una hoguera que no sólo les proporcionaría calor, pues las noches eran aún frías, sino que también les ofrecería cierta protección contra las fieras, KiFer y la muchacha, que no estaban de guardia, se dejaron caer junto al fuego y sucumbieron inmediatamente al agotamiento físico y nervioso, sin molestarse siquiera en tomar algo de alimento. Yalar se sentó de espaldas a un árbol y se dispuso a velar a sus compañeros, mordisqueando algunas raíces y unos trozos de carne, mientras su mirada se dirigía una vez y otra hacia KiFer. En sus ojos, que el fuego oscurecía con reverberaciones, un observador cuidadoso hubiera podido discernir la más completa perplejidad.

11. Acorralados

A la mañana siguiente, aunque no podían pensar en otra cosa, tardaron algún tiempo en comentar los sucesos del día anterior, como si a ninguno de los tres se le ocurriera nada que decir. Por fin, mientras rompían el ayuno nocturno, sentados alrededor de los avivados rescoldos del fuego, Yalar habló:

—Has demostrado tu valor, KiFer, pero no entiendo lo que hiciste. No era necesario. Te pusiste en peligro, nos pusiste en peligro a todos.

KiFer miró fijamente hacia las llamas, pero no respondió.

—No lo entiendo —repitió Yalar. —¡No se ayuda a un enemigo peligroso que no puede defenderse!

Leda le miró dubitativa.

—Yo tampoco lo entiendo —dijo. —Pero KiFer siempre hace esas cosas. Es su costumbre.

Yalar se volvió bruscamente hacia la joven.

—¿Qué quieres decir?

—KiFer te salvó de morir cuando te atacó el oso.

—¡Yo no era su enemigo!

—¿No? ¿Qué habrías hecho con KiFer si te hubieras encontrado con él de otra manera? ¿No habrías hecho lo mismo que Malador?

Yalar calló y permaneció un rato pensativo. Por fin, exclamó:

—¡Pero yo soy un hombre, no un animal! Cuando KiFer me salvó se lo agradecí, le convertí en mi hermano. ¡No se puede ser hermano de un león!

—¡Quien sabe! —susurró, enigmática, Leda.

—¿No vas a hablar, KiFer? —preguntó de pronto Yalar, volviéndose furioso hacia él. —¿No vas a explicarnos por qué lo hiciste?

—No —dijo el chico, con voz ronca.

—¿Por qué?

—Porque yo mismo no lo sé.

—Pues, la próxima vez, piénsalo bien antes de hacerlo.

Como nadie le contestó, la conversación se dio por terminada. Poco después, tras apagar el fuego y desperdigar la ceniza para evitar un posible incendio, los tres exploradores recogieron sus armas y continuaron la marcha.

El bosque en el que se encontraban resultó ser mucho menos extenso de lo que habían supuesto. Lograron cruzarlo en la etapa de la mañana, pero al dejar atrás los árboles tropezaron con un terreno aún más inhóspito: un pedregal, sembrado de enormes rocas, que ascendía gradualmente hasta terminar en una muralla pétrea, alta como veinte hombres, que parecía totalmente inaccesible.

—¿Estás seguro de que debemos seguir hacia el mediodía? —preguntó Yalar, mientras contemplaba la escarpa con preocupación.

—No estoy seguro de nada —repuso KiFer.

—Si el Agua de la Vida está en esa dirección, puede que sea imposible pasar. ¿Será verdad que tu antepasado lo consiguió?

KiFer miró a su amigo con sorpresa.

—Naturalmente. Lo dice LaZen, el viejo de la tribu.

—Los viejos de la tribu no siempre dicen la verdad. Lo sé muy bien. Quizá ni siquiera exista el Agua de la Vida. Quizá no haya existido jamás.

—No sé dónde estará el Agua de la Vida —intervino Leda. —Pero no veo por qué dudas de que exista. Ha pasado mucho tiempo desde que el primer KiFer fue a buscarla. El camino ha podido cambiar. A veces la tierra se mueve, o pasan cosas peores. Además, aún no sabemos si se puede escalar esta pared.

—¿Qué propones, entonces?

—Que busquemos un sitio donde sea más fácil subir.

Yalar se encogió de hombros.

—No tenemos nada que perder. ¿Hacia dónde vamos?

—A mí me da igual. Decididlo vosotros.

Pero KiFer no quiso dar su opinión, y al fin Yalar tomó por sí mismo la decisión y emprendieron la marcha hacia el este.

Poco después del mediodía, se detenían ante la entrada de un estrecho camino o pretil inclinado que parecía practicable y ascendía hacia la cumbre de la muralla, que en ese lugar era aún más alta y escarpada. Yalar lo observó durante un buen rato, protegiéndose los ojos con la mano, y al cabo se volvió hacia sus compañeros.

—No veo el final del camino. ¿Os parece que llega hasta arriba?

Leda y KiFer esforzaron la vista, pero tampoco pudieron llegar a ninguna conclusión.

—Se oculta detrás de aquel saliente — respondió la muchacha, —pero es posible que, al otro lado, continúe hasta lo alto.

—Habrá que subir para comprobarlo. Sin embargo, hay algo en este lugar que no me gusta.

—¿Por qué?

—Noto un olor extraño. No sé qué es, pero creo que estamos en peligro.

—Pues yo no noto nada —replicó KiFer.

—Subamos —propuso Leda. —Es la única forma de descubrirlo.

Pero justo en el momento en que los tres amigos se disponían a poner pie en el camino, un venablo procedente de sus espaldas se clavó en el hombro de Yalar, que cayó al suelo retorciéndose de dolor. KiFer se quedó helado por la sorpresa, pero Leda se volvió rápidamente y vio que el arma había sido arrojada por un hombre, de rostro cruzado por una larga cicatriz, a quien no le costó trabajo reconocer. El atacante no estaba solo, pues le acompañaban otros cuatro, armados de punta en blanco, como si participasen en una cacería.

—¡Huye, KiFer! —gritó. —¡Es Leucon! Si te coge, te matará.

Al ver que varios de los hombres se disponían a lanzar sus venablos contra él, y comprendiendo la inutilidad de la lucha, KiFer obedeció el consejo de Leda y corrió como un gamo por el pretil rocoso. A su espalda, oyó el ruido de las armas que chocaban inútiles contra las piedras, así como la voz de Leucon, que gritaba:

—¡Que no se escape!

Uno de los hombres corrió tras él por el camino del acantilado. KiFer llevaba bastante ventaja y se encontraba por el momento a salvo de los venablos de los que se habían quedado abajo, pero huía de mala gana, pensando en el destino de sus amigos, que caerían inevitablemente en manos de Leucon. Por eso, al llegar al lugar donde el pretil se perdía de vista detrás de una gran roca, se detuvo, dispuesto a presentar cara a su perseguidor.

El hombre que venía tras él era casi tan mal encarado como Leucon y blandía el venablo con furia, dispuesto a lanzarlo a la menor oportunidad. Al ver la expresión de su rostro, KiFer comprendió que no tendría piedad de él. Protegiéndose detrás de la roca, levantó el suyo, apuntó cuidadosamente y lo lanzó. El venablo rebotó en la pared rocosa, a un palmo de la cabeza del hombre, pasó por encima del camino y cayó al pie del acantilado. ¡Había fallado el golpe!

Desesperado, siguió con la mirada la caída de su arma, la única defensa que tenía. A lo lejos, a la izquierda, vio un grupo de figuras que se movían frenéticas y que al principio le sorprendieron por su pequeñez, recordándole a las hormigas afanadas alrededor de un hormiguero, que a menudo había contemplado cuando era niño. Y entonces se dio cuenta simultáneamente de varias cosas: de que aquéllos eran sus amigos, en lucha con los hombres de Leucon; de que él estaba muy alto, más de lo que había supuesto; de que a sus pies se abría un abismo y si perdía el equilibrio se mataría.

Desde el pie de la escarpa, volvió los ojos hacia su enemigo, cuyo rostro se había contraído en una mueca brutal de triunfo, pues se daba perfecta cuenta de que ya no tenía nada que temer, de que su presa estaba a su alcance y totalmente inerme, excepto por un triste cuchillo. Ya comenzaba a aproximarse muy despacio, sin darse prisa, como quien tiene todo el tiempo del mundo, como el gato que juega con el ratón antes de matarlo.

KiFer miró su cuchillo de piedra y comprendió que estaba perdido, que no tenía la menor posibilidad de vencer con él a un hombre adulto en la plenitud de las fuerzas y provisto de armas más poderosas que las suyas. Y entonces sintió el deseo de terminar de una vez, de arrojarse desde lo alto de la escarpa hacia la muerte y el olvido, pero no lo hizo, pues comprendió que sería una cobardía, que tenía el deber de resistir hasta el último instante, que su vida no le pertenecía y que era responsable ante los demás: ante su padre, que sin duda aguardaba ansioso su regreso con el Agua de la Vida; ante sus amigos, Leda y Yalar, a quienes había dejado en peligro; y ante su tribu, a la que estaba obligado a regresar para demostrar que ya se había convertido en un hombre.

La única alternativa que le quedaba era la huida. Por eso se volvió rápidamente, contorneó la roca que le obstruía la vista y corrió con toda la velocidad de sus piernas por el pretil del acantilado. Pero al ver lo que había al otro lado de la roca, se detuvo sorprendido, olvidando por un momento el peligro que corría, al encontrarse ante otro aún más grande. Porque el camino rocoso no se prolongaba indefinidamente, no le llevaba hacia la salvación en la cumbre de la escarpa, como él había esperado, sino que continuaba un poco más y después se ensanchaba, convirtiéndose en un rellano arenoso bastante amplio, que terminaba bruscamente y en cuyo centro se abría la entrada oscura de una enorme gruta, abierta en la pared, que parecía introducirse profundamente en las entrañas de la tierra y de la que salía un olor acre y dulzón que KiFer reconoció inmediatamente, pues lo había percibido el día anterior: el olor de un león de las cavernas.

12. La caverna

Sus vacilaciones sólo duraron un instante. Entre la muerte segura que venía por su espalda y la muerte probable que le aguardaba en la caverna, eligió la segunda. Al menos, existía la posibilidad de que el león no estuviera en su guarida, y en la oscuridad él lograra escapar de su perseguidor, y quizá hallar otra salida.

Pero apenas penetró en el interior de la caverna, vio dos luces verdosas y comprendió que el dueño estaba en casa. Y en el mismo instante, con un grito de triunfo, el hombre que le perseguía alcanzó el rellano y blandió el venablo, disponiéndose a lanzarlo.

KiFer no pudo recordar nunca lo que pasó por su mente durante los breves instantes en que se creyó perdido, dudando sólo sobre cuál de los dos enemigos sería el primero en matarle. Abandonada toda esperanza, se quedó inmóvil, clavado en tierra, aguardando el fin.

Un rugido del león, que retumbó con mil ecos en las anfractuosidades de la caverna, le hizo volver en sí. De un momento a otro, esperaba sentir las curvas garras clavándose en su carne, las enormes mandíbulas abriéndose sobre su cuerpo, el fétido y asfixiante aliento de la fiera, pero nada de eso ocurrió. Presintió, más que vio, un bulto enorme que se movía a su lado, una piel áspera que le rozaba, una larga cola terminada en abultada borla de pelos que se estrellaba contra su pecho, y de pronto supo que el león había pasado de largo, que no le atacaba, que había salido al exterior. Entonces se volvió y, a través de la boca de la caverna, fue testigo de lo que ocurrió.

La fiera era enorme. Al verla, al oírla rugir, el rostro de su perseguidor expresó un horror abyecto y absoluto. El venablo que había levantado se desprendió de sus dedos fláccidos, cayendo al suelo; sus pies se movieron por sí mismos hacia atrás, tratando de alejarse de las fauces que le amenazaban, hasta alcanzar el límite del pretil rocoso, al borde del abismo, donde vaciló unos instantes agitando los brazos y se precipitó al vacío.

Pero los ojos de KiFer estaban clavados en el cuello del león, justo detrás de la melena, donde se veían los restos de una cuerda de lianas. Entonces lo reconoció: era el mismo animal que había caído en la trampa de la selva, al que él salvó de morir de hambre. Al darse cuenta, sus miembros agarrotados se liberaron de repente, recuperó el uso de sus facultades, comprendió que aún no estaba a salvo. El león podía volverse contra él, después de librarle de su enemigo. Sin duda lo consideraría un intruso que había penetrado sin permiso en su morada. Y, puesto que la fiera bloqueaba la boca de la caverna, dio media vuelta y se introdujo en las profundidades, tratando de hallar otra salida.

Casi inmediatamente se encontró en la más absoluta oscuridad, por lo que se vio obligado a avanzar a tientas. En esas condiciones, no podía hacerse una idea de conjunto de la caverna, pero le dio la impresión de que estaba formada por una gran cámara, que se prolongaba en numerosos entrantes y salientes y penetraba en las entrañas del acantilado a través de profundos pasadizos. Previendo que el león tendría dificultades para seguirle por éstos, eligió uno que le pareció especialmente estrecho y se introdujo en él.

Desde la más tierna infancia había vivido en una cueva, y esa experiencia le fue de gran utilidad: avanzaba sin muchas vacilaciones, con un instinto casi infalible, que le anunciaba dónde estaban las paredes y a dónde debía dirigirse para encontrar la continuación del pasadizo, que serpenteaba a través de la tierra con continuos cambios de dirección y de inclinación. El camino, que había elegido casi al azar, se iba haciendo cada vez más estrecho y empinado, hasta transformarse en una ranura casi vertical, pero esto no le preocupó especialmente. Por el contrario, le animó, haciéndole suponer que su elección había sido acertada y que, más pronto o más tarde, le llevaría hasta el aire libre y la seguridad, en lo alto de la escarpa.

Algún tiempo después, se detuvo y prestó toda su atención. No tardó en comprender que no se había equivocado: era realmente una pequeña corriente de aire lo que rozaba su rostro. Por lo tanto, allí tenía que haber una salida. Sintió una gran emoción, que sólo conoce quien ve la salvación a su alcance después de haberlo dado todo por perdido, aunque al mismo tiempo comprendía que esa salvación estaba aún muy lejos, que su nueva esperanza podía estrellarse contra una grieta de la pared rocosa, demasiado estrecha para permitir el paso de su cuerpo.

Cuando al fin llegó al extremo del pasadizo y encontró una abertura sobre su cabeza, pensó por un momento que sus peores temores se habían realizado, que le sería imposible salir por allí y que tendría que volver al interior de la cueva para probar suerte en otro lugar, con riesgo de perderse o de caer en las garras del león. Pero una breve observación le convenció de que los bordes no eran rocosos y que, con un poco de esfuerzo, podría agrandarla y pasar por ella.

Le extrañó, no obstante, no ver la luz al otro lado. Durante su deambular por la oscuridad, había perdido la noción del tiempo, y tenía la sensación de que en el exterior todavía era de día. Apoyó los ojos contra la grieta y miró con atención, pero apenas pudo distinguir una débil radiación difusa que no contribuyó a tranquilizarle. Temió que, si conseguía pasar al otro lado, se encontraría en un nuevo pasadizo y tendría que volver a empezar. Pero cuando una nueva oscilación de su ánimo estaba a punto de hundirle en el abismo de la desesperación, vislumbró un diminuto punto de luz: una estrella.

Al verla, desaparecieron sus dudas y comenzó a excavar con ansia, arañando la tierra con el cuchillo que aún conservaba, con las manos, con las uñas. Poco a poco, la abertura se fue ensanchando. Primero pudo pasar un brazo, con el que tanteó a derecha e izquierda, sin encontrar otra cosa a su alcance que una mata seca. Después, asomó la cabeza, y por fin pudo ver la cumbre de la escarpa, que era bastante llana y tan árida como la región inferior, de donde él venía. Finalmente, después de un esfuerzo supremo, consiguió izarse y salir al exterior. Sobre la cúpula del cielo, las nubes cubrían el mundo, lo que explicaba la escasa luz reinante.

La estrella que le había servido de hito por un momento, había desaparecido, oculta tras los torbellinos de vapores, pero durante su breve aparición había cumplido su cometido: devolver la esperanza al muchacho que estaba a punto de abandonarla, precisamente cuando casi había llegado a alcanzar su objetivo.

¡Su objetivo! ¿En realidad estaba a punto de alcanzarlo? ¿Acaso el Agua de la Vida estaba allí, ante sus labios resecos? En aquel momento se habría contentado con el más humilde arroyuelo, pues hacía muchas horas que no había bebido una sola gota de agua y la sed ardía en sus entrañas. Y entonces, de pie en lo alto de la escarpa, la tensión de su rostro se aflojó lentamente y su boca se frunció en una amplia sonrisa. Acababa de ocurrírsele una idea:

—Hace un instante, cuando estaba dentro de la caverna, habría dado cualquier cosa por salir. Ahora que lo he conseguido, me parece poco y deseo encontrar agua. Si la encontrara, estoy seguro de que tampoco me contentaría con ella, desearía algo más. ¡Qué complicado es todo!

Un inmenso cansancio que se apoderó de sus músculos le hizo comprender que estaba agotado, que no era el momento oportuno para buscar agua, que tendría que pasarse sin ella hasta la mañana siguiente. Además, tampoco quería separarse mucho del borde de la escarpa, débilmente visible en la distancia. Quería volver allí en cuanto hubiera luz, localizar el punto exacto donde se había separado de sus compañeros, enterarse de su destino y ver si le sería posible ayudarles.

Cediendo al agotamiento, KiFer se dejó caer al suelo y se tendió cuan largo era, con los ojos cerrados y sintiendo la somnolencia que se iba apoderando de él. "Dentro de un instante —pensó— podré escapar de aquí, de la preocupación, la sed y el dolor de los miembros, para buscar la paz del mundo de los sueños". Pero, cuando estaba a punto de hundirse en la inconsciencia, un relámpago iluminó la parte inferior de las nubes, avisándole de que éstas podían desprenderse en cualquier momento de su carga, por lo que la meseta donde se encontraba, casi totalmente desprovista de vegetación, amenazaba convertirse en un lugar poco acogedor para pasar la noche.

—Al menos, si llueve, no me faltará el agua —pensó.

Y, en efecto, poco después comenzaban a caer algunas gotas, que le refrescaron el rostro y apagaron su sed. Pero a medida que el aguacero arreciaba, comprendió que debía buscar refugio. Entonces se fijó en que lo tenía justamente a sus pies, y a pesar de que tuvo que vencer una gran repugnancia, debida a las angustias que había pasado allí dentro, volvió a introducirse en la caverna para aguardar con más comodidad la llegada del día siguiente.

13. A través del desierto

Por la mañana, el aguacero había terminado, no se veía una nube en el cielo y la meseta volvía a estar reseca y sedienta. En cuanto apuntó el alba, KiFer se dirigió al borde de la escarpa para tratar de descubrir qué había sido de sus compañeros. Al principio le costó trabajo orientarse, porque no tenía la menor idea de la distancia que había recorrido bajo tierra ni de la dirección que había seguido, pero al fin dio con el pretil rocoso que servía de camino para llegar a la guarida del león y en uno de sus extremos pudo ver el rellano que formaba la entrada y el cadáver de un hombre, hecho un guiñapo, al pie del precipicio.

Emprendiendo una veloz carrera, siguió el borde en sentido contrario para llegar al comienzo del pretil, pues allí era donde había dejado a sus amigos, y al principio se asustó, porque en el fondo de la escarpa estaba tendido otro cadáver, que temió fuera el de Yalar, su hermano, pero una atenta observación, en la que estuvo a punto de despeñarse, le convenció de que se trataba de un desconocido, uno de los amigos de Leucon. De los demás, no se veía rastro alguno.

—Parece que Leucon no ha matado a Yalar —pensó. —Pero ¿por qué habría de llevárselo?

Otro problema importante era la causa de la muerte del hombre que estaba a sus pies. Quizá Leda lo había apuñalado, pero había algo en su aspecto, y en el hecho de que sus compañeros hubiesen abandonado el cadáver, que le obligaba a ponerlo en duda. Después de esforzar la vista un poco más, llegó a la conclusión de que el hombre había sido presa de una bestia salvaje, pues su cuerpo parecía cruzado por numerosos arañazos sanguinolentos. La solución más sencilla era que hubiera sido atacado por el león, que sin duda habría descendido para expulsar a los intrusos de las proximidades de su guarida. Esto explicaba también la desaparición de los otros pues, renunciando a enfrentarse con una fiera tan poderosa, habrían huido de allí lo más aprisa posible.

Esta idea le dio grandes esperanzas. En una fuga precipitada, quizá sus amigos hubieran podido escapar de Leucon. En tal caso, si Leda y Yalar seguían juntos, y si sospechaban que KiFer no había perecido, tratarían de reunirse con él, y quizá habrían dejado alguna señal para indicarle sus intenciones. En consecuencia, volvió a recorrer cuidadosamente el borde de la escarpa, pero después de mucho rato tuvo que reconocer que, aunque tal señal existiera, no era probable que lograse encontrarla.

Le habría gustado descender para revisar de cerca todos los indicios y para recuperar el venablo, pero la pared rocosa era tan empinada que tuvo que renunciar a ello, y no se atrevió a intentar el único camino que conocía, la caverna del león, pues temía que la fiera estuviera dentro, además de que no estaba seguro de ser capaz de volver por donde había venido, en completa oscuridad.

El hambre, y sobre todo la sed, le empujaron a cruzar la meseta y buscar tierras más acogedoras. Empuñó el cuchillo, dispuesto a lanzarlo a la primera oportunidad contra cualquier ser vivo comestible que se cruzara en su camino, y emprendió la marcha a través del yermo. Pronto tuvo la suerte de ver un gran lagarto y la puntería de alcanzarlo, y pudo saciar el hambre con su blanca carne, pero necesitaba encontrar agua cuanto antes, y en cuanto terminó de comer se apresuró a seguir adelante.

Mientras caminaba, su mente volvía una y otra vez al problema del león. ¿Por qué no le había matado, por qué pasó de largo cuando le tenía a su alcance, prefiriendo atacar primero a su enemigo? ¿Sabía que aquel hombre quería matarle? ¿Estaba agradecido porque KiFer le había salvado la vida?

¿Le había devuelto el favor? Pero ¿era un león capaz de comprender una cosa así, de sentir agradecimiento? No lo sabía. Sin embargo, ya le había perdonado dos veces. ¿Qué otra explicación podía haber?

Fuera como fuese, era evidente que no era un comedor de hombres, una de esas fieras solitarias, débiles y envejecidas que se especializan en la caza de seres humanos indefensos. Estaba en la plenitud de sus fuerzas y había demostrado su poco interés por la carne humana al despreciar los tres cadáveres que había tenido a su disposición: el dueño de la trampa y los dos amigos de Leucon, ninguno de los cuales presentaba señales de haber sido devorado.

Se preguntó qué ocurriría si volviera a encontrarse con él. ¿Le dejaría pasar por tercera vez o le atacaría? Quizá el león acabara por cansarse de su presencia. Desde luego, no tenía intención de ponerlo a prueba.

La tarde iba cayendo y KiFer se asustó al pensar que tendría que pasar la noche en el desierto, sin haber podido apagar la sed. El cielo continuaba limpio de nubes, por lo que ni siquiera le quedaba la esperanza de un nuevo chaparrón. El terreno descendía progresivamente, aunque a lo lejos el horizonte quedaba cerrado por una tierra algo más alta, resplandecientemente blanca, como si estuviera formada únicamente por arena. La perspectiva no era muy halagüeña. Sin embargo, a lo lejos, hacia el sureste, se veía una pequeña línea de verdor, y sospechando que pudiera indicar la presencia de agua, se apresuró a desviarse hacia allí.

A medida que el sol descendía, KiFer desesperaba de poder alcanzar su objetivo a la luz del día, aunque estaba dispuesto a continuar en plena oscuridad. Pero cuando el sol rozaba el horizonte, descubrió que había calculado mal y que la línea de verdura, en la que ya era posible distinguir plantas, estaba más cerca de lo que había imaginado. Y así, justo cuando el crepúsculo cedía el paso a la noche, pudo hundir los labios resecos y el rostro abotargado en un arroyuelo, apenas un hilo de agua, que le compensó sobradamente los esfuerzos del día. Poco después, dormía tranquilo bajo las estrellas, sin preocuparse en encender fuego ni en protegerse de algún posible enemigo.

Durmió de un tirón hasta la mañana, pero al despertar se sentía enfermo de hambre. Ninguna de las plantas que bordeaban el arroyuelo era comestible, por lo que era necesario buscar alimento en otra parte, pero ¿dónde? En toda la extensión al alcance de su vista no se veía otra cosa que el desierto pedregoso. Sólo hacia el sur, la altura blanca que había visto la tarde anterior rompía la monotonía, pero sin muchas perspectivas de algo mejor. Sin embargo, al otro lado el paisaje podía ser diferente. Por suerte, el arroyuelo iba en esa dirección, y decidió seguir su curso para que al menos no le faltara el agua.

A medida que se acercaba a la colina se dio cuenta de que el caudal del arroyo disminuía progresivamente. Al parecer, el suelo absorbía el agua. Poniéndose de rodillas, pudo observar que la proporción de arena era muy grande. Unos pocos pasos más le llevaron hasta la colina, que estaba formada por innumerables cristales diminutos, que reflejaban cegadores la luz del sol. Pero el arroyo ya no le acompañaba: había desaparecido por completo.

Antes de decidirse a trepar, se volvió y contempló el terreno que acababa de atravesar. A lo lejos, hacia el norte, vio una masa verde, las copas de los árboles de la selva. La escarpa rocosa que la separaba del desierto era, naturalmente, invisible desde ese lado. Se preguntó qué habría sido de sus amigos, perdidos dos días antes. Luego contempló el arroyo que le había salvado la vida, cuyo curso a través del erial era inconfundible. Finalmente sacudió la cabeza con decisión, giró en redondo y emprendió el ascenso de la pendiente de arena. Era muy empinada y los pies se hundían hasta los tobillos o resbalaban, haciéndole perder en un momento todo el terreno ganado. Pero poco a poco fue acercándose a la cumbre, aunque tuvo que poner en juego todo su tesón y utilizar indistintamente las manos y los pies.

Mientras ascendía, el aire estaba en calma y el sol de la mañana le resultaba muy caluroso, pero en cuanto alcanzó la cumbre, su rostro fue asaltado por una brisa fresca y las gotas de sudor que perlaban su frente desaparecieron. Pero no fue eso lo que más le sorprendió. Ante sus ojos se presentaba un panorama como ni en sus más fantásticos sueños habría podido imaginar.

14. Lo que había al otro lado

La colina de arena descendía suavemente y terminaba en una inmensa masa de agua que se perdía de vista hasta el horizonte, sin ofrecer a la mirada asombrada de KiFer ningún indicio de tierra firme. El agua no permanecía tranquila, como la del lago junto al que encontró a Leda, y tampoco corría como las de los ríos y arroyos. Parecía viva. Podía verla levantarse y oscilar en mil ondulaciones sin rumbo fijo, que cerca de la orilla se cubrían de blancas tocas espumosas, para lanzarse furiosas hacia adelante y retroceder después, aparentemente agotadas por el esfuerzo. Un rompiente casi oculto bajo las olas, no muy lejos de la costa, realzaba el efecto, salpicando la superficie de remolinos y pequeños saltos de agua.

KiFer habría permanecido donde estaba indefinidamente, contemplando absorto los movimientos del agua, pero su estómago, que protestaba con vehemencia, le sacó de su ensimismamiento. Sabía que donde hay agua suele haber peces y pensó en alancear alguno, pero recordó que ya no tenía el venablo. Descendió hasta la orilla, pero antes de buscar algo comestible, y aunque no tenía sed, pues había bebido poco antes en el arroyo, decidió humedecerse los labios. Grande fue su sorpresa y su consternación cuando notó que el agua tenía un sabor horrible, entre salado y amargo, que le obligó a expulsarla inmediatamente. Al principio creyó que la culpa era suya, temió haber perdido el sentido del gusto, ser presa de una extraña enfermedad, pero una segunda prueba le convenció de que no era así.

—Es tan mala como una de las pociones de LaZen —susurró.

Poco después, descubría entre las rocas algunos moluscos, almejas y mejillones y, aunque no los conocía, le recordaron a los caracoles y se atrevió a probar su carne, que le pareció agradable. Un poco más lejos encontró nidos, que sin duda pertenecían a las muchas aves que veía volando a su alrededor o correteando por la orilla, y no dudó en completar el desayuno comiéndose varias docenas de los huevos que contenían. Una vez apaciguada el hambre, pudo dedicar toda su atención a la contemplación del agua y de la playa.

—¡Nadie podría morirse de hambre aquí! —exclamó en voz alta. —Esto hierve de vida.

A medida que la idea penetraba en su consciencia, sus ojos se abrieron de asombro. Los pensamientos que habían pasado por su mente desde que cruzó la pendiente de arena se ajustaron unos con otros, como las piezas de un rompecabezas: "El agua parece viva". "Es tan mala como una poción". "Esto hierve de vida".

—¡Claro! —gritó, asustando a las aves que, ante su inmovilidad, comenzaban a atreverse a reducir distancias. —¡Por fin la he encontrado! ¡Ésta tiene que ser el Agua de la Vida! Y está exactamente donde LaZen dijo que la hallaría.

Un enorme alivio se apoderó de él. Había llegado al final del viaje, había hallado lo que buscaba. Ya no tendría que seguir caminos que le llevaran hacia lo desconocido, ni arriesgarse a pasar por sitios donde jamás un ser humano había puesto el pie. Sólo era necesario llevarse el agua y regresar a su tribu. El camino de vuelta podía ser peligroso, pero al menos era conocido. Sabía por dónde tenía que ir, qué riesgos debía correr, con qué amigos podía contar.

¡Amigos! Por un momento, en la alegría del hallazgo, se había olvidado de Leda y de Yalar. No, no podía regresar aún, tenía que encontrarlos y salvarlos, si estaban en peligro, pero ¿cómo? Además ¿podía arriesgarse a llegar demasiado tarde para salvar a su padre? KiFer se dejó caer sobre la arena y ocultó la cara entre las manos. Sentía que demasiadas responsabilidades pesaban sobre él y no sabía a cuál atender primero.

Y eso no era todo. También tendría que enfrentarse con problemas prácticos. ¿Cómo llevar el agua hasta la tribu? Necesitaba con urgencia algún recipiente impermeable y resistente. "Si Leda estuviera aquí —pensó— quizá ella tendría alguna idea. Las mujeres suelen entender de esas cosas". Pero inmediatamente le remordió la conciencia: "Sólo quiero que esté aquí porque la necesito. No debería ser ése el motivo".

De pronto levantó los ojos y miró asombrado a sus pies. Una pequeña ola acababa de rozarle blandamente. Movió la cabeza varias veces, como si quisiera librarla de las telarañas de la confusión. ¿Qué ocurría allí? Cuando él se dejó caer al suelo, la orilla estaba mucho más lejos. ¡No le cabía la menor duda! Pero ahora se había aproximado tanto, que el agua casi llegaba a alcanzarle. ¡Entonces, era verdad que estaba viva, puesto que no sólo se movía al azar, sino voluntariamente, con intención! ¿Con qué intención? ¿Trataba acaso de capturarlo, de arrastrarlo, de llevárselo consigo hasta las profundidades, de asfixiarle, de darle muerte? ¿Era el agua, después de todo, un nuevo enemigo?

En ese momento se sobresaltó al sentir que una mano se posaba sobre su hombro. Era como si un fantasma se hubiera acercado a él, pues no había oído ruido de pisadas, lo que en el fondo no era extraño, pues el rumor de las olas lo apagaba. Lo primero que pensó fue que el Agua de la Vida había tomado forma humana y no sólo se le acercaba por delante, sino también por detrás. Pero antes de que pudiera volverse o echar mano al cuchillo, oyó una voz suave, una voz que conocía muy bien y que pronunciaba una sola palabra:

—KiFer.

Era Leda, hacia quien habían volado sus pensamientos sólo un instante atrás. Era como si la muchacha, en alas de ese pensamiento, se hubiese sentido llamada y hubiera acudido inmediatamente. Muy despacio, como si temiera que ella desapareciese, que después de todo no fuera más que un fantasma, KiFer volvió la cabeza. Pero era ella, era Leda, en carne y hueso. Y estaba sola.

Un escalofrío le estremeció. ¡Sola! ¿Dónde estaba Yalar? Leda pareció comprender su pensamiento, pues señaló con el índice hacia la colina de arena y dijo:

—Está allí, muy malherido. He tenido que dejarle solo. Ya no podía andar.

Una febril ansia de actividad de apoderó de KiFer. Todos sus temores habían sido inútiles. ¡Leda y Yalar, vivos y libres! Ya no tendría que perder tiempo buscándolos. Pero su amigo, su hermano de sangre, estaba herido, y quizá él tenía los medios para curarlo. Se puso en pie de un salto y señaló hacia la orilla.

—¡Tenemos que traerlo! Aquí puede salvarse.

Leda le miró un instante sin comprender.

—¿Es ésta el Agua de la Vida? —preguntó al fin.

—Creo que sí, es decir, estoy seguro —respondió KiFer, con aplomo.

—Entonces, vamos a buscarlo. No está muy lejos.

Mientras caminaban, KiFer ardía de curiosidad por saber lo que les había ocurrido a sus amigos, cómo habían escapado de Leucon, qué había pasado después, pero comprendió que no era el momento oportuno. Era mejor esperar una ocasión más apropiada, durante el descanso. Ahora se trataba de reunirse con Yalar y de transportarlo cuanto antes a un lugar más adecuado.

Cuando llegaron, KiFer se asustó al verlo, pues Yalar estaba delirando. La herida del hombro se había hinchado, convirtiéndose en una masa tumefacta y de feo aspecto. Comprendió que era imposible que, en ese estado, hubiese llegado allí por su propio pie, que Leda había debido traerlo casi en volandas, y se asombró de la fuerza y la abnegación de la chica. Se preguntó, por último, si resistiría que lo movieran. Sabía que el reposo era muy importante para los heridos, pero Leda insistió en que lo llevaran a otro lugar, pues necesitaba descansar a la sombra. A pleno sol, en medio del erial, tal como estaba, no tardaría en morir.

Fue un esfuerzo supremo. KiFer le asió por las piernas, Leda por debajo de los brazos, y muy despacio, procurando hacerle el menor daño posible, le llevaron hacia la colina. A pesar de todo, Yalar no pudo evitar quejarse y sus gemidos pusieron contrapunto angustioso al movimiento.

La muchacha no se atrevió a llevarlo hasta la playa, por miedo a que el aire fresco le sentara mal, por lo que excavaron un refugio en la arena, en el lado de la duna protegido del viento, muy cerca del arroyo. Y después de humedecerle los labios con agua dulce y rociar la herida con Agua de la Vida, que llevaron con mucho cuidado en sus propias manos y en varios viajes, y que le provocó espasmos y gritos de dolor, no supieron qué otra cosa hacer y se sentaron a su lado, contemplándole en silencio. Sólo quedaba esperar.

15. El herido

Sólo entonces se atrevió KiFer a pedirle a Leda que le contara lo que había sucedido desde que se separaron. Ella, sin embargo, le rogó que antes le dijera cómo pudo escapar del león, pues le habían creído muerto, hasta que una feliz casualidad les demostró que vivía. Por tanto, KiFer comenzó por su propio relato y en cuanto terminó rogó a Leda que siguiera con el suyo.

—No vimos lo que te había pasado —explicó la joven, —porque estábamos luchando, pero yo me fijé en que Lenos caía, y creí que tú le habrías matado.

—¿Lenos? —preguntó KiFer, sorprendido.

—El que te siguió.

—No fui yo, no le mató nadie. Se cayó él solo, se asustó al ver al león.

—El león bajó sin que nadie lo viera. Llegó cuando Marcas y Tirias me tenían sujeta. Leucon iba a matar a Yalar, pero no tuvo tiempo. El león le dio un zarpazo y cayó rodando por el suelo. No le persiguió, se revolvió y atacó a Marcas, que ya me había soltado.

—¿Y qué pasó?

—Que cada uno se las arregló como pudo. Leucon se puso en pie y huyó sin esperar a nadie. Tirias y Lax corrieron tras él. Yo ayudé a Yalar a levantarse y huimos en dirección contraria. No sé lo que fue de Marcas, creo que se quedó solo con el león.

—Había un hombre muerto allí, cuando yo miré.

—Marcas, sin duda. Tuvo mala suerte.

—¿Qué hicisteis después?

—Yalar corrió cuanto pudo, pero había perdido mucha sangre y se cansó pronto. Para entonces ya no veíamos al león, la pared nos lo ocultaba. Aproveché para arreglarle un poco la herida. Cuando Yalar recuperó el aliento, seguimos adelante, por si Leucon volvía a perseguirnos, pero íbamos muy despacio.

—Leucon estaría demasiado asustado para correr el riesgo de encontrar de nuevo al león. ¿No dices que también él estaba herido?

—No lo sé, porque no lo vi. El león le dio un golpe, pero no sé si le hizo daño.

—Sigue.

—Por fin llegamos al sitio donde aquella mañana salimos de la selva. Recordarás que Yalar decidió que fuéramos hacia el este, siguiendo la pared. Se equivocó. Si hubiésemos ido hacia el oeste, habríamos llegado a un sitio donde se podía trepar fácilmente y Leucon no nos habría encontrado.

—¿Por qué? ¿Qué había allí?

—La pared se había hundido. Todo estaba lleno de piedras amontonadas, no era difícil subir de roca en roca. Bueno, sí fue difícil, porque Yalar estaba herido, pero al fin lo conseguimos.

—No lo entiendo. Si creíais que yo había muerto ¿para qué trepar? ¿Acaso pensabais seguir buscando el Agua de la Vida?

—No. No fue por eso por lo que subimos, sino para escapar de Leucon y del león. Uno de los dos podía venir detrás de nosotros en cualquier momento, pero quizá no se le ocurriría buscarnos arriba.

—No habría importado aunque al león se le hubiera ocurrido —sonrió KiFer.

—Cuando llegamos, era casi de noche y Yalar estaba agotado, así que tuvimos que descansar allí mismo. Con el esfuerzo, la herida se le había abierto y tuve que curarle de nuevo como pude. Lo peor fue que empezó a llover, y como no teníamos donde protegernos, nos quedamos calados hasta los huesos. Menos mal que no duró mucho. Pero creo que fue allí donde Yalar cogió la fiebre.

"Cuando salió el sol, subí a una roca próxima para ver qué aspecto tenía aquella tierra. Era muy mala, pero no me atreví a bajar a la selva, porque Yalar no habría podido resistirlo. Además, te vi a lo lejos, así que lo mejor era seguirte".

—¿No pudiste gritar para avisarme?

—No me atreví, por miedo a que Leucon estuviera cerca. Pensé que no tardaríamos en alcanzarte. Pero Yalar empeoró durante el día. Casi no podía andar, teníamos que detenernos cada poco tiempo, y nos sacaste mucha ventaja. Anoche estábamos muy lejos, detrás de ti. Hoy todavía fue más difícil, porque casi no podía tenerse en pie. Pero al fin hemos llegado. Y lo mejor es que has encontrado el Agua de la Vida. Espero que le cure.

—No me cabe duda —exclamó KiFer, con mucha más seguridad de la que sentía.

La noche transcurrió lentamente, mientras los dos se turnaban para velar al enfermo, cuyas sienes ardían, y que seguía delirando. KiFer fue más de una vez a buscar Agua de la Vida para humedecerle la herida y observó que el nivel de la orilla cambiaba continuamente, unas veces estaba más alto, otras más bajo, por lo que llegó a la conclusión de que debía tratarse de un fenómeno natural, que el agua no intentaba nada cuando se le acercó, justo antes de la llegada de Leda.

Al alba, la muchacha volvió a examinar la herida y la encontró menos inflamada y con aspecto esperanzador, por lo que se atrevieron a dejarle solo mientras buscaban alimento. Como el día anterior, lo encontraron en abundancia, y además pudieron comer carne, pues KiFer utilizó el venablo de Yalar para apoderarse de un par de aves marinas. Unas matas resecas, de las que había bastantes cerca del arroyo, les permitieron encender fuego para cocinarlas. Además, con una gran concha a guisa de cacerola, hicieron caldo para el enfermo, que no podía tomar otra clase de alimento.

A mediodía, Yalar abrió los ojos. La mejoría era evidente, la fiebre había bajado, el delirio había desaparecido. Reconoció a sus amigos y, con un esfuerzo supremo, extendió la mano para posarla sobre el hombro de KiFer, pero no pudo decir una sola palabra, y después de tragar con dificultad un poco de caldo, cayó en un sopor pesado e intranquilo. Sin embargo, aquello fue suficiente para sus dos enfermeros, que a partir de entonces se sintieron mucho más optimistas.

Yalar era un hombre resistente y su cuerpo, ayudado por los cuidados de sus amigos, luchó con todas sus fuerzas contra la enfermedad. Desde que recobró el conocimiento, mejoró continuamente, sin dar un paso atrás. El Agua de la Vida le hizo mucho bien, cauterizando rápidamente la herida, aunque los escozores que le provocaba eran muy grandes. Pero él apretaba los dientes y no exhaló un solo gemido. Era muy orgulloso y no quería dar muestras de debilidad delante de KiFer y, sobre todo, de Leda.

Tres días más tarde, pudo ponerse en pie. La infección había remitido, ya no tenía fiebre, el dolor era soportable. KiFer estaba radiante: el Agua de la Vida había demostrado sus propiedades maravillosas. Para él, era evidente que Yalar habría muerto de no ser por ella, y no fueron sus amigos quienes lo pusieron en duda. A partir de ese instante, sintió la absoluta seguridad de que su viaje no sería en vano.

"Conseguiré regresar con el agua y KaTun, el jefe, se curará" pensaba.

Había comunicado a Leda su preocupación por encontrar recipientes apropiados para llevarse el agua y la muchacha no le había fallado, pues le aconsejó que utilizara el venablo para alancear algunos peces de buen tamaño, que abundaban cerca de la orilla. Era un método que ella había visto emplear en el lago próximo a su tribu, pero KiFer no estaba acostumbrado a esa forma de pescar y al principio le costó trabajo capturarlos, aunque con la práctica no tardó en aprender. En cuanto consiguió uno, Leda lo abrió y extrajo de su interior una vejiga bastante grande, que en el interior del pez estaba llena de aire, pero que podría servirle a la perfección, pues era impermeable al agua. A los pocos días, toda una fila de vejigas, puestas a secar, estaban listas para el viaje de regreso. Sólo esperaban que Yalar estuviera en condiciones de emprenderlo.

Aún aguardaron una semana, a pesar de sus protestas, pues era muy mal enfermo y, en cuanto se sintió mejor, quiso hacer vida normal, como si no le hubiera ocurrido nada. Leda tuvo que insistir mucho para obligarle a aceptar una convalecencia razonable, dosificando cautelosamente los esfuerzos que le permitía, para evitar una recaída. KiFer también estaba ansioso por llevarle el agua a su padre, pero comprendió que la muchacha tenía razón y no dejó traslucir su impaciencia.

Por fin llegó el momento tan esperado. Yalar se declaró a sí mismo completamente sano y esta vez Leda no tuvo nada que oponer. La partida quedó fijada para el día siguiente por la mañana. El resto del día lo dedicaron a recoger moluscos, preparar pescado seco para el viaje y rellenar las vejigas con el Agua de la Vida. KiFer había encontrado en las proximidades del arroyo unas lianas apropiadas para entretejer cuerdas, que le sirvieron para cerrar la boca de las vejigas y con las que preparó un cinturón que le permitiría llevarlas alrededor del cuerpo, dejándole libertad de movimientos y evitando que pudieran derramarse durante la marcha.

A la caída de la noche, todo estaba listo, sólo les quedaba aguardar el momento de la salida del sol. KiFer creyó que le sería imposible conciliar el sueño, tan grande era su nerviosismo, pero su cansancio era aún mayor y apenas cerró los ojos se quedó profundamente dormido.

16. Otra vez Leucon

Al principio marcharon despacio, en etapas cortas, con numerosos descansos, para que Yalar pudiera reponerse, pero a medida que aumentaban sus fuerzas volvieron poco a poco a la normalidad. Dos días más tarde, cuando llegaron a la escarpa, no les fue difícil descender por el lugar donde habían subido Yalar y Leda. Una vez abajo, no se atrevieron a descansar, por miedo a tropezarse con el león de las cavernas, y se introdujeron en la selva, donde no encontraron ninguna aventura digna de mención.

Siete días después de la partida se hallaban en medio de la llanura. La pista de los bisontes estaba aún claramente marcada y KiFer sintió nostalgia al no ver a ninguno de los grandes animales, tan importantes para su tribu. Más que durante el resto del viaje, sintió el deseo de volver a la vida normal, de recuperar la seguridad y la despreocupación de la niñez, pero comprendió que ya no podría. Quisiera o no, había atravesado la frontera invisible que separa al niño del hombre y no habría vuelta atrás. No dejó de sorprenderle que estos sentimientos le asaltaran precisamente cuando acababa de conseguir lo que tanto había deseado. Recordó su reacción cuando salió de la caverna del león y llegó a la conclusión de que jamás se sentiría satisfecho: siempre echaría de menos algo.

"Tal vez después de la muerte llegue la tranquilidad —pensó. —O tal vez no. A los muertos se los entierra con cuchillos y venablos. ¿Para qué pueden necesitarlos? ¿De qué terribles enemigos tendrán que defenderse? Nadie lo sabe, porque nadie ha vuelto para contarlo. KiFer, mi antepasado, regresó con el Agua de la Vida donde otros fracasaron, pero no volvió de ese otro viaje. Debe de ser mucho más difícil. En realidad, ahora que lo pienso, a mí no me ha parecido tan peligroso lo que he hecho. Cualquiera habría conseguido lo mismo".

Miró hacia donde Leda y Yalar dormían, junto a la hoguera, y al contemplar el cuerpo de la muchacha, completamente inerte, excepto por los movimientos regulares de la respiración, sintió otro tipo de preocupaciones. Durante una luna lo habían compartido todo, el alimento, el fuego, las alegrías, los peligros... Siempre se había cumplido el trato que ella les impuso al principio del viaje. Ni Yalar ni él habían hecho nada que pusiera en peligro la convivencia, a pesar, o quizá precisamente, porque se vigilaban y trataban de competir el uno con el otro. KiFer pensó avergonzado que, excepto durante su enfermedad, Yalar le había vencido limpiamente en fuerza física, en habilidad y en conocimiento del mundo. El tiempo le ayudaría a mejorar en todas esas cosas, pero eso no le servía de consuelo. Y más tarde, cuando su amigo fue herido y mientras Leda le cuidaba, sintió una envidia inexplicable, el deseo de ser él quien estuviese al borde de la muerte, para poder recibir esas atenciones.

Sus ojos pasaron sin querer desde Leda hacia su compañero y descubrió que los celos habían florecido y se estaban convirtiendo, sin que él se diera cuenta, en las semillas de un odio mortal. Y entonces, allí mismo, en el silencio de la noche, bajo la luz difusa de las estrellas, emprendió una lucha mucho más terrible que ninguna de las aventuras que había tenido que pasar para conseguir esa agua de la que estaba tan orgulloso y de la que no consentía en separarse. Era una lucha de resultado incierto, porque el antagonista era él mismo y no sabía cómo librarse de él.

Comprendió que, en sus manos, el Agua de la Vida podía convertirse fácilmente en el Agua de la Muerte. Que el agua en sí no era buena ni mala, pues todo dependía del uso que hiciera de ella. Que el bien o el mal no estaban en las cosas, sino dentro de él mismo.

La lucha fue larga y agotadora, pero al fin terminó y KiFer salió victorioso. Había arrancado de raíz la planta del odio. Había tomado una decisión irrevocable: pasara lo que pasara, Yalar seguiría siendo su hermano. Al llegar el momento del cambio de guardia, pudo despertarle, ocupar su sitio y conciliar el sueño con perfecta tranquilidad, por primera vez en mucho tiempo.

A media mañana, mientras avanzaban en dirección al norte, Yalar, que iba delante, se detuvo y levantó la mano. Acababa de ver a un hombre, y en el lugar donde se encontraban, cerca del lago donde vivía la tribu de Leda, eso podía ser peligroso.

—¿Quién es? —preguntó a la muchacha. —¿Puedes reconocerlo?

Leda se puso de puntillas y esforzó la mirada, pero después de largo rato movió negativamente la cabeza: estaban demasiado lejos.

Sin embargo, el hombre les había visto y al principio se dirigió hacia ellos, como si quisiera decirles algo. Mas, de pronto, dio media vuelta y emprendió veloz carrera, justamente cuando Leda, que no había dejado de observarle, le reconoció.

—¡Es Tirias! —exclamó. —Uno de los amigos de Leucon.

—Tenemos que alcanzarle —dijo Yalar, echando a correr. —Si se reúne con los otros, tendremos que luchar con todos a la vez.

KiFer y Leda corrieron también tras el fugitivo, pero desviándose un poco, para cortarle el paso. No tardaron en ganar terreno: Tirias parecía cansado, jadeaba aparatosamente, como si estuviera débil. Al comprender que no conseguiría escapar, se detuvo, lanzó el venablo a lo lejos y aguardó la llegada de sus perseguidores.

—¡No me matéis! —exclamó, en cuanto estuvieron cerca. —Estoy desarmado.

Quizá Yalar habría ignorado su súplica, pero KiFer se detuvo y gritó:

—No temas, no te mataremos.

Y Yalar no tuvo más remedio que aceptarlo, pero no por eso dejó de vigilar al prisionero, que aún podía tener escondido un cuchillo entre los pliegues del taparrabos, y para evitar sorpresas le amenazó con el venablo mientras le interrogaba:

—¿Qué haces aquí?

—Iba a la tribu, a buscar ayuda. Leucon está muy mal. Creo que se está muriendo.

Al oír sus palabras, Leda exhaló una apagada exclamación de sorpresa, pero Yalar no bajó la guardia.

—¿Qué le pasa a Leucon?

—El león le hirió. Al principio parecía poca cosa, unos arañazos en el brazo, y nos quedamos en el bosque para ver si os encontrábamos. Pero a los pocos días se puso peor y al fin le convencimos de que era mejor dejaros marchar y volver a la tribu. Allí el viejo podría curarle. No hemos podido llegar. Ahora está muy enfermo, con el brazo hinchado, y huele mal. No podemos resistirlo, ni siquiera al aire libre.

—¿Lo has dejado solo?

—No, Lax está con él.

KiFer miró a Leda, que estaba muy pálida.

—¿Quieres que intentemos curarle? —preguntó.

Al oírle, Yalar se volvió como picado por un tábano.

—¡Eso sí que no! ¡No lo consentiré! Leucon estuvo a punto de matarme.

—Ahora está enfermo —replicó KiFer. — Además, el Agua de la Vida es mía y haré con ella lo que quiera. Si quieres, puedes marcharte. Yo me voy con Tirias.

Yalar apretó los puños. Por un momento, pareció a punto de saltar sobre KiFer, pero se contuvo y trató de razonar con él.

—Espera, KiFer, no tengas tanta prisa. Tirias puede estar mintiendo. Quizá Leucon no está enfermo y nos espera con mucha gente. Quizá ha mandado a Tirias para llevarnos a una trampa.

—Tienes razón. Por eso es mejor que vaya yo solo.

—¡He dicho la verdad! —exclamó el prisionero.

Yalar miró a Leda con gesto inquisitivo, pero al ver que la muchacha vacilaba y parecía a punto de seguir a KiFer, dijo con furia:

—¡Está bien! Iremos todos, pero a mi manera. Yo iré delante, con Tirias. Si veo algo que no me guste, morirá. Vosotros nos seguiréis más despacio. Si me veis mover el brazo de esta manera, os acercaréis. Pero si lo muevo así, huiréis. No quiero que Leda caiga en manos de Leucon.

A pesar de las protestas, Yalar se mantuvo inflexible y su plan fue aceptado. A regañadientes, KiFer hizo cuantas promesas le exigía y todos emprendieron la marcha en la forma acordada.

El camino no era largo, pero lo recorrieron muy despacio, pues Yalar, que llevaba la punta del venablo apoyada en el cuello de Tirias, miraba en todas direcciones buscando algo sospechoso. Por fin, se detuvo. Leda y KiFer le imitaron. Un poco más allá estaba la depresión donde Tirias aseguraba haber dejado a Leucon moribundo. Obligando al prisionero a hacer lo mismo, Yalar se arrojó al suelo y se arrastró lentamente, sin dejar de amenazarle, hasta asomar la cabeza en el borde mismo de la hondonada.

17. En la hondonada

Cuando Yalar levantó la mano, en señal de que podían aproximarse sin peligro, KiFer y Leda se apresuraron a obedecerle y pudieron ver, en el fondo de la hondonada, los restos de una hoguera y el cuerpo de un hombre, tendido en el suelo y envuelto en un par de harapos. Un poco más lejos, otro hombre se había puesto en pie al ver aparecer a los recién llegados y miraba con sorpresa, ora a Tirias, ora a Yalar, sin saber si éste venía en son de paz o si sería mejor hacer uso del venablo. Pero Tirias levantó la mano en mudo mensaje y Lax dejó caer el arma y se quedó quieto, aguardando el desarrollo de los acontecimientos.

Sin apenas detenerse para observar todas estas cosas, KiFer descendió a la hondonada y se acercó al enfermo. Antes de llegar, sin embargo, sintió un olor nauseabundo y tuvo que hacer un esfuerzo para seguir adelante, conteniendo la respiración. Arrodillándose al lado de Leucon, separó un poco los harapos y dejó el brazo herido al descubierto. Al verlo, sintió que le daba vueltas la cabeza y a punto estuvo de caer desmayado. Jamás había visto nada igual: el brazo, hinchado hasta el doble de su tamaño normal, tenía color violáceo y estaba lleno de llagas que desprendían un hedor insoportable.

Tomando uno de los recipientes del Agua de la Vida, lo abrió y derramó parte de su contenido sobre el brazo de Leucon, quien no se movió ni exhaló el menor gemido. Comprendiendo que esto era muy mala señal, KiFer tapó de nuevo el miembro y se retiró lo más aprisa que pudo. Al llegar junto a sus compañeros respiró, por fin, con libertad y se dejó caer al suelo, medio mareado y profundamente impresionado.

—¿Cómo está? —preguntó Leda.

—Peor de lo que suponía —repuso. —Temo que sea demasiado tarde, incluso para el Agua de la Vida.

—¿Ha dicho algo?

—No. No se ha movido, ni siquiera cuando le echaba el agua. ¿Recuerdas cómo se retorcía Yalar, cuando estaba inconsciente?

El aludido frunció el entrecejo. No le gustaba que le recordaran sus escasos momentos de debilidad.

—¿No crees que ya hemos perdido bastante tiempo, KiFer? —preguntó. —KaTun te está esperando. Has hecho lo que has podido. Vámonos.

—Creo que sería mejor esperar un poco —replicó el chico. —Quisiera intentarlo otra vez. Puede que el agua le produzca alguna mejoría.

Un poco molesto, Yalar dio media vuelta y se alejó. KiFer se quedó en el mismo sitio, mirando hacia el enfermo, aunque su mente estaba muy lejos. Leda permaneció indecisa, sin saber si seguir a Yalar o quedarse con KiFer, hasta que al fin se decidió por una solución intermedia y fue a echarse sola a la sombra de un arbusto. En cuanto a Tirias, se había reunido con Lax y los dos estaban sentados, con las piernas cruzadas, en absoluto silencio y con la mirada perdida en el infinito.

El sol llegó a lo alto de su camino y comenzó el lento descenso hacia el ocaso. La tarde era calurosa, pues el verano se aproximaba con rapidez y en la llanura era difícil encontrar alivio. Quizá el punto más fresco era la hondonada donde yacía Leucon, pero su presencia la hacía inaccesible para los demás.

Después de una breve comida, mientras los fulgores del sol desaparecían en el horizonte, KiFer se armó de valor y se aproximó de nuevo a Leucon.

Sus temores se habían cumplido. Tenía peor aspecto que por la mañana. Apresuradamente, derramó una nueva dosis del Agua de la Vida y regresó a la hoguera corriendo con todas sus fuerzas.

Esa noche pernoctaron allí mismo, después de una corta y silenciosa velada. Yalar seguía enfadado con KiFer, y Leda no tenía ganas de hablar. Tirias y Lax pidieron permiso para acercarse al fuego y Yalar se lo concedió, aunque les obligó a situarse al otro lado y a cierta distancia, pues no se fiaba de ellos, e insistió en mantener las guardias como de costumbre.

Por la mañana, cuando se acercó por tercera vez a Leucon, para darle un nuevo tratamiento, KiFer lo encontró muerto. Al dar la noticia a los demás, le sorprendió ver que Lax y Tirias parecían aliviados. Evidentemente, estaban cansados de la situación y deseaban regresar a casa. Yalar se limitó a hacer un gesto desdeñoso, como dando a entender que todo había sido inútil y que habían perdido vanamente un día. En cambio, la expresión de Leda era inescrutable.

Mientras continuaban el camino hacia el norte, el enfado de Yalar fue apaciguándose poco a poco. KiFer no le guardaba rencor, por lo que sus intentos de hacer las paces no se vieron rechazados y, hacia el mediodía, las cosas habían vuelto casi a la normalidad. Pero KiFer no dejó de notar que su amigo parecía preocupado por algo, aunque no tenía la menor idea de lo que se trataba y tampoco quiso presionarle para que hablara, esperando que antes o después lo diría por su propia voluntad.

Esa misma tarde dejaron atrás los límites de la llanura de hierbas y pasaron la noche entre las lomas que la separaban del valle de la tribu de Yalar. Dos días después dijeron también adiós a la tierra de lomas y penetraron en el bosque. Esa noche, mientras cenaban junto al fuego, Yalar decidió al fin abordar el problema que le había venido preocupando durante los últimos días.

—Estamos muy cerca de mi cueva —dijo.

KiFer creyó comprender lo que le ocurría y decidió ayudarle:

—¿Quieres que nos desviemos un poco, para pasar por allí? —propuso.

Pero Yalar no parecía satisfecho y no dejaba de poner inconvenientes.

—No sé. Salaver, el jefe, me echó de la tribu.

—Tal vez te haya perdonado. Hace más de una luna que te fuiste.

—Sí, pero yo no quiero que me expulse otra vez delante de todos. Y eso es lo que podría ocurrir si me presento sin que me haya llamado.

—Quizá tengas razón. En ese caso, ¿por qué no vienes conmigo? En mi tribu serás bien recibido, porque eres mi hermano de sangre.

Yalar sólo contestó con un gruñido y se quedó un rato callado, aunque no tardó en volver sobre lo mismo:

—Me gustaría saber cómo va todo en la cueva. ¡Pueden haber pasado tantas cosas en estos días!

Entonces KiFer comprendió lo que su amigo deseaba de él y se ofreció a ayudarle.

—Si quieres, yo puedo ir al campamento a traerte noticias. No me costará mucho tiempo.

En cuanto oyó estas palabras, la cara de Yalar se iluminó con una sonrisa.

—¿Harías eso por mí? Gracias, KiFer. Pero no debes hablar en mi favor. No te envío para pedirle perdón a Salaver.

—De acuerdo, no diré nada. ¿Qué debo hacer si me pregunta por ti?

—Dile la verdad. No tengo nada que ocultar.

Después de una corta pausa, Yalar continuó:

—¿Sabes por qué te dejo ir? Porque cuando mezclamos nuestra sangre te convertiste en miembro de la tribu y puedes volver allí cuando quieras. A ti no te han expulsado.

—Lo sé.

—Si pensara que corres peligro, no te dejaría ir.

—No te preocupes, no me pasará nada.

—Pero ten cuidado con Malador. Ya sabes que no te quiere.

—Procuraré no tropezar con él.

—¿Quieres que vaya contigo? —preguntó Leda, interviniendo por primera vez en la conversación.

—No creo que sea conveniente —respondió Yalar, sin dudar un momento. KiFer le miró con sospecha, pero en seguida comprendió que su amigo tenía razón y se apresuró a hablar en el mismo sentido.

—Es mejor que vaya solo. A mí me aceptarán sin problemas, si vienes tú tendría que dar muchas explicaciones.

—Una mujer es bien recibida en cualquier tribu.

—Ya lo sé, pero prefiero que me esperes aquí, con Yalar.

Le costó trabajo decirlo, sintió que se le rompía el corazón al pensar que iba a dejarlos solos por segunda vez en pocas semanas. Y esta vez Yalar no estaba herido, sino en la plenitud de sus facultades. Sin embargo, se tragó la amargura e incluso consiguió esbozar una sonrisa.

Por la mañana, se despidió de sus amigos, prometiendo regresar lo antes posible, quizá esa misma noche, pues la cueva no estaba muy lejos. Yalar volvió a insistir con sus consejos y a prevenirle contra Malador, pero KiFer le cortó en cuanto pudo y partió sin más tardanza.

Varias horas después, supo por numerosas señales que se estaba acercando a la parte del bosque donde estaba la cueva. Aunque sólo había pasado una vez por allí, tenía buena memoria y no le costó trabajo reconocer el lugar. Algo más tarde, dio con un sendero que le llevaría directamente a ella. Pero al trasponer la primera curva se encontró de manos a boca con un grupo de hombres que inmediatamente le amenazaron con sus armas.

18. El poblado de Yalar

Sin darles tiempo a lanzar los venablos, KiFer levantó el brazo en señal de paz y gritó:

—Soy KiFer, hermano de sangre de Yalar. Quiero hablar con Salaver, el jefe.

Al oírle, los hombres comenzaron a hablar entre sí en voz baja. Parecían muy sorprendidos. Luego, uno de ellos se adelantó, haciendo también la señal de paz, y dijo:

—Yalar no está con nosotros. Ha sido expulsado de la tribu.

—Lo sé. Lo he visto. Por eso quiero hablar con el jefe.

—¿Traes noticias de Yalar?

—Sí.

—¿Qué noticias? ¿Está vivo? ¿Quiere volver?

—Todo eso se lo diré a Salaver.

El hombre frunció el ceño.

—Está bien —dijo, al cabo de un momento. —Ven con nosotros. Te llevaremos a la cueva.

Salaver estaba en la cueva y salió al ver que los hombres llegaban con un desconocido. Sin embargo, al acercarse, le reconoció, extendió el brazo para posar la mano sobre su hombro y dijo:

—KiFer es bienvenido en la tierra de los hombres. ¿Has conseguido encontrar el Agua de la Vida?

—Sí —respondió, señalando las vejigas que colgaban de su cintura.

—Supongo que vuelves con los tuyos.

—Así es, pero he querido pasar por aquí para hablar contigo.

—Ven y hablaremos.

El jefe llevó a KiFer a la sombra de un árbol corpulento, donde se sentaron cómodamente, lejos de los restantes miembros de la tribu. El muchacho miraba continuamente a su alrededor, como si buscara a alguien. Salaver interpretó correctamente sus miradas y dijo:

—Buscas a Malador. Es natural. Trató de matarte. Después quiso matar a Yalar, pero también le salió mal. No era buen cazador.

—¿Cómo? —exclamó KiFer sin poder disimular su asombro. —¿Sabías que fue Malador quien quiso matar a Yalar y no al revés?

—¡Claro que lo sabía! No soy tonto. Yalar tampoco. No habría intentado matar al viejo cuando pasaba con Lifar junto al sitio donde él dormía.

—Entonces ¿por qué le expulsaste?

—Era necesario separarles. La tribu no podía prescindir del viejo y de su aprendiz, pero sí de un cazador, aunque sea de los más valiosos. Además, Malador no habría podido sobrevivir solo en el bosque. Yalar sí.

—Tienes razón. Me doy cuenta de que no pudiste hacer otra cosa.

—Es difícil ser jefe —repuso Salaver. —A veces hay que ser injusto, por el bien de la tribu.

—Pero ¿dónde está ahora Malador?

—Ha muerto.

—¿Muerto? ¿Cómo?

—Hace media luna cayó en una trampa de caza. Era demasiado viejo, a veces se portaba como un estúpido. Le gustaba dar paseos solo por la selva y se enfadaba si alguien trataba de protegerlo. Cuando no volvió le buscamos, pero había caído sobre unas estacas aguzadas y estaba bien muerto.

—Entonces ¿Lifar es ahora el viejo de la tribu?

—Sí.

—¿Y qué pasará con Yalar?

—Puede volver cuando quiera. Si supiera dónde está, enviaría alguien para decírselo, pero no lo sé.

—Yo sí. Ha venido conmigo, pero no se atrevió a acercarse.

—Y te ha mandado para buscar noticias ¿no? —sonrió Salaver.

—En efecto. Ése era el motivo de mi venida. Pero ¿aceptarán los demás que Yalar vuelva?

—¿Por qué no, si yo, el jefe, se lo permito?

—Estoy pensando en Lifar. Yalar le hirió.

—Sí, pero apenas le hizo nada. En dos días estaba como nuevo. Además, no le guarda rencor, dice que Malador tuvo la culpa. Después de su muerte me lo contó todo.

—En ese caso, iré a donde está Yalar para decirle que puede volver.

—Te voy a proponer algo mejor: quédate aquí y descansa. Yo enviaré a mis hombres, si tú les explicas dónde pueden encontrarlo.

KiFer aceptó la proposición y poco después dos de los cazadores salían en busca del compañero ausente. Sin embargo, el motivo que impulsó a Salaver a pedirle que se quedara no era totalmente altruista: en la tribu había algunos enfermos, y al saber que KiFer tenía Agua de la Vida, no quiso dejarle marchar sin aprovecharse de ello.

—Tienes suficiente para tu padre y algo más, ¿no es verdad?

—Sí, he traído toda la que he podido.

—Entonces no te importará utilizar un poco aquí.

—Llévame junto a los enfermos. Veré qué puedo hacer por ellos.

En realidad, no se trataba de casos graves, pero, mientras se preparaba a darles una dosis, KiFer descubrió que el agua de la vejiga que acababa de abrir estaba turbia y maloliente. Evidentemente, se había estropeado. Lleno de horror, se apresuró a abrirlas todas y a revisar su contenido. Sólo dos de ellas estaban intactas. Las demás, se vio obligado a tirarlas.

¿Qué había ocurrido? No lo sabía. No había llenado todas las vejigas a la vez, ni en el mismo sitio. Además, a lo largo del viaje no se había preocupado en mantenerlas en un orden determinado. Era, pues, inútil perder el tiempo en vanas especulaciones: la mayor parte del agua se había perdido, eso era todo lo que debía preocuparle.

Procurando ahorrarla al máximo, trató a los enfermos con agua buena y se retiró tristemente a un rincón a esperar la llegada de sus amigos. Poco antes de la puesta del sol, un grito de uno de los hombres que habían ido a buscarlos avisó a la tribu de su proximidad. KiFer salió inmediatamente a su encuentro y observó que Salaver le imitaba.

Al verle aparecer, Leda sonrió, avanzó corriendo hacia él y le saludó en la forma acostumbrada, posando ambas manos sobre sus hombros. Luego se fijó en su expresión descon-solada y en el pequeño número de vejigas que, como siempre, colgaban de su cinturón, y dijo, poniéndose muy seria:

—¡KiFer! ¿Qué ha pasado con el Agua de la Vida?

—Se ha perdido —repuso. —Varias vejigas se han estropeado.

—¿Tendrás suficiente con eso? —preguntó, preocupada.

—Espero que sí. Pero tengo prisa por marchar. No quiero arriesgarme a que se estropee también.

—Lo comprendo.

Salaver había asistido sorprendido al intercambio. Era la primera noticia que tenía de que Yalar y KiFer no hubieran venido solos, y al ver la forma en que hablaban se llenó de sospechas que quiso aclarar inmediatamente.

—¿A cuál de los dos pertenece esta mujer? —preguntó.

KiFer y Yalar se miraron asombrados y un poco avergonzados, sin atreverse a responder, pero Leda se adelantó, diciendo sin la menor vacilación:

—Pertenezco a Yalar.

La cara de éste se iluminó de pronto, aunque al ver la expresión de su amigo trató de ocultar su alegría. Salaver, sin embargo, se puso rojo de ira al escuchar la respuesta de la joven.

—¿Por qué habla esta mujer sin mi permiso? Estoy hablando con los hombres.

En otro momento cualquiera, KiFer se habría sentido orgulloso al oír al jefe llamarle por ese nombre, pero estaba demasiado triste para fijarse en ello. En cuanto a Yalar, exclamó, riendo:

—Leda es especial. Tendrás que acostumbrarte.

—Ella tendrá que acostumbrarse, si quiere quedarse en la tribu —protestó Salaver. —¿Dónde la has conseguido?

—Quizá ella me consiguió a mí. Los tiempos cambian, Salaver.

—KiFer, quiero hablar contigo —dijo Leda, de pronto, llevándoselo a un lado, mientras Yalar y Salaver continuaban la discusión.

—¿Qué quieres? —preguntó el muchacho, con voz tensa. Aún no se había repuesto del golpe, que había sido para él como si le clavaran un cuchillo en el estómago.

—Debí habértelo dicho antes —respondió Leda. —Cuando tuve que cuidar a Yalar, mientras él dependía únicamente de mí, comprendí que para mí no existía otro hombre y prometí al Señor de la vida y de la muerte que, si él vivía, sería suya.

—No me des explicaciones —repuso KiFer. —Hace tiempo decidí que, pase lo que pase, Yalar seguirá siendo mi hermano. Yo he cumplido lo que me exigiste. Él también. Tú has decidido. Nadie tiene la culpa de nada.

—Me alegro de que pienses así. A veces es difícil comprenderte, KiFer, pero se puede contar contigo.

—Gracias. Ahora, tengo que marcharme. Yalar y tú habéis llegado a casa, pero a mí todavía me queda un buen trecho.

—Casi es de noche. ¿Por qué no la pasas en la cueva?

—Prefiero salir hoy y adelantar terreno. Además, ya te lo he dicho: quiero llegar antes de que el Agua de la Vida se vuelva mala.

Cuando Yalar supo que KiFer quería irse, insistió en acompañarle, al menos hasta las montañas.

—Yo conozco mejor el bosque y te ayudaré a ganar tiempo —le dijo, y el argumento fue suficiente para convencerle. Naturalmente, Leda no quiso quedarse atrás, y Salaver tuvo que volver solo, pues los dos hombres que envió a buscar a Yalar se le habían adelantado.

—Adiós, KiFer —le dijo al despedirse. — Vuelve cuando quieras. Ya sabes que perteneces a nuestra tribu. Y tú no tardes —añadió, dirigiéndose a Yalar. —Ya te has divertido bastante.

Y mirando a Leda con expresión extraña, dio media vuelta y se perdió de vista, camino de la cueva.

19. El regreso de KiFer

Dos días después llegó, por fin, el aplazado momento de la despedida. Detrás quedaba el bosque, ante ellos se alzaban las montañas. En lo alto, el desfiladero que llevaba hacia el valle de la tribu de KiFer era casi invisible entre las nubes bajas.

Todo estaba ya dicho, no era preciso perder el tiempo repitiendo lo que todos sabían. Sin embargo, ninguno de los tres se decidía a dar el primer paso, quizá porque eran conscientes de que el adiós podía ser definitivo.

—Cuando menos lo esperéis, me veréis aparecer de nuevo —bromeó KiFer.

—No podrás sorprenderme; vigilaré con atención, como cuando estaba de guardia en medio de la llanura —repuso Yalar, siguiéndole la corriente.

—Adiós, hermano. Adiós, Leda.

—Buen viaje, KiFer. Siempre te recordaré.

El ascenso de la ladera resultó más fácil de lo que KiFer temía, recordando las dificultades que había encontrado al descender. Tan sólo le costó una hora llegar al nivel del desfiladero. En cuanto alcanzó el terreno llano, levantó el brazo en un último saludo a sus amigos, que seguían mirándole desde abajo, y se hundió en la niebla, perdiéndose de vista.

—Adiós, Agua de la Vida —murmuró Leda, sin dejar de mirar hacia el lugar donde había desaparecido.

—Poca le queda —repuso Yalar. —No le durará mucho.

—Le durará toda la vida.

Yalar se volvió y miró fijamente a su compañera.

—¿Qué quieres decir? No entiendo.

—El agua de las vejigas no importa, Yalar. La verdadera Agua de la Vida está en otro sitio.

—¿Dónde?

—En el corazón de KiFer. Siempre estuvo allí. ¿No recuerdas cómo te salvó? ¿Cómo insistió en que perdonaras a Malador? ¿En curar a Leucon y soltar al león?

—No siempre le ha salido bien. Leucon ha muerto. Malador también.

—Pero no por tu mano, ni por la suya. Además, él no es más que un hombre. Habría tenido que ser un dios para vencer a la muerte. También él morirá algún día.

—Tú siempre le has comprendido mejor que yo. Por eso a veces dudo. Me gustaría saber...

—¿Qué?

—Por qué me elegiste a mí.

Leda guardó silencio unos instantes.

—Tal vez porque me asusté.

—¿De qué?

—El destino de KiFer exige demasiado. Quizá no me sentí capaz de seguirle.

Ahora fue Yalar el que permaneció callado un rato. Luego dijo:

—Eso no es muy halagador para mí.

—¿Eh?

—Pensar que sólo me has elegido por esa razón.

Leda se indignó.

—¡Sabes que no es así! Le dije a KiFer, y era verdad, que cuando estuviste enfermo comprendí que no podría pertenecer a otro más que a ti.

—¿Entonces?

—Yo también he dudado. Por eso quise ir con él cuando se empeñó en curar a Leucon. Quería saber hasta dónde era capaz de llegar.

—¿Y lo viste?

—Sí. Fue allí donde comprendí que KiFer es diferente: demasiado grande para mí. Entonces me asusté y tomé una decisión definitiva.

—Ningún hombre es más grande que otro. Todos somos simplemente hombres.

—También eso es verdad.

—¿Las dos cosas a la vez?

Leda rompió a reír.

—El mundo es muy complicado. ¡Vamos, apuesto que llego al bosque antes que tú!

Y en una veloz carrera desaparecieron entre el follaje.

Antes de la caída de la noche, KiFer había logrado cruzar las montañas y vio de nuevo el valle donde había nacido. Aunque no hacía dos lunas desde que salió de él, le parecía que habían transcurrido muchos años, que no era la misma persona la que volvía.

Tres días más tarde, en plena noche, entraba en la cueva. Había alargado la jornada porque la luna le iluminaba el camino y porque sabía que estaba muy cerca y tenía prisa por llegar al final del viaje. Al acercarse a la entrada, un profundo desasosiego se apoderó de él. ¿Qué encontraría allí? Tuvo que hacer un esfuerzo para cruzar el umbral y tardó algún tiempo en acostumbrarse a la oscuridad, pero notó que en el interior había un silencio absoluto. Al principio no le extrañó, pues era la hora en que todos dormían. Comenzó a preocuparse al no oír rumores de respiración y avanzó a ciegas hacia el lugar donde yacía su padre cuando él se marchó. Pero no tropezó con nadie, y cuando llegó al sitio que buscaba lo encontró vacío. Entonces se le escapó un grito, lo bastante fuerte como para despertar a toda la tribu:

—¡KaTun!

Pero nadie respondió, nadie se agitó al oírle, y al apagarse los ecos, el silencio volvió a reinar en la cueva.

Durante largo rato permaneció callado, con los ojos fijos en la nada, mirando sin ver. Su mente pareció liberarse de las ataduras que la ligaban al cuerpo y volar libremente por el espacio, volviendo a tiempos y lugares que había conocido, pero especialmente a los relacionados con su gran viaje. Un viaje de cuya utilidad comenzaba a dudar por vez primera. Luego regresó lentamente a la caverna oscura y a la soledad y fue consciente de un cambio: un rumor ligero, como algo que se arrastrara; un rumor que se acercaba lentamente hacia él.

De pronto, el rumor se detuvo y volvió el silencio, pero no por mucho tiempo. Una voz débil, apenas audible, sonó casi en sus oídos, a su espalda:

—KiFer.

Era la voz de LaZen, el viejo de la tribu. KiFer no tuvo necesidad de servirse de los ojos para reconocerle. Sin molestarse en mirar hacia él, habló con voz mortecina y desesperada.

—¿Dónde está KaTun?

—Murió la misma noche que tú te fuiste. Por eso envié a TuLan y a MuZen a buscarte, para que volvieras, porque tu viaje ya no era necesario. Pero no lograron encontrarte. ¿Y tú? ¿Has conseguido lo que buscabas?

—No —repuso, con voz ronca.

—No te preocupes. Es difícil hallar el Agua de la Vida. A veces dudo de que exista.

—¡Claro que existe! ¡Yo la he encontrado! La tengo aquí.

—¡Pero si acabas de decir que no la has conseguido!

—Sólo la quería para curar a KaTun, el jefe, y ha muerto.

—Comprendo.

—¿De qué me sirven ahora estas vejigas que he traído con tantas dificultades? ¡Tengo ganas de tirarlas!

—No lo hagas. No sirvieron para KaTun, pero pueden curar a otros. ¿Acaso su vida no vale nada?

KiFer levantó la mano y se frotó los ojos, como para despertar de un mal sueño.

—Tienes razón. No es verdad que haya fracasado. Ya he usado el agua en más de un enfermo, aunque no todos se salvaron.

—El poder de la muerte es mayor que el de los hombres. Ni siquiera el Agua de la Vida puede vencerla.

—¡Pero tú dijiste que curaba todas las enfermedades!

—Es un arma poderosa para la lucha, pero el mejor venablo no te asegura la victoria contra un león de las cavernas.

—No. He aprendido que el amor es más fuerte que el mejor venablo.

LaZen trató de taladrar las tinieblas, sorprendido por el tono de la voz del muchacho, pero la oscuridad era completa.

—Ven conmigo —dijo, tomándole del brazo. —Quiero verte a la luz de las estrellas.

KiFer se dejó llevar al exterior y permitió que el anciano le contemplara.

—¡Cómo has crecido! Y no sólo en estatura. Tu cuerpo está mucho más erguido. Es evidente que te has convertido en un hombre.

KiFer no sonrió.

—Antes eso era muy importante para mí, pero ya no.

—Es una reacción natural. Algún día volverá a parecerte importante. Quizá cuando tengas mi edad.

—Si llego a ella.

—Me parece que alguna vez hemos hablado de esto.

—Yo también me acuerdo. Ha pasado mucho tiempo.

—Menos de dos lunas.

—A veces pasan vidas en un solo instante.

LaZen volvió a contemplarle en silencio.

—Has cambiado, KiFer. Más de lo que yo creía. No sólo tu cuerpo ha crecido. Has aprendido mucho, tal vez demasiado. A veces me asusta lo que dices.

KiFer sonrió.

—Hablemos de otra cosa. ¿Dónde están los demás? ¿Cómo es que te han dejado solo?

—Como todos los veranos, han ido detrás de los bisontes.

—Es cierto, pero siempre se queda aquí alguien más. No esperaba encontrar la cueva tan vacía.

—No estoy solo. Hay tres mujeres y varios niños conmigo.

—¿Dónde están?

—Están escondidos. Se asustaron cuando oyeron tu voz.

—Pero siempre se queda uno de los guerreros, para defender a los que no pueden seguir a los bisontes.

—KaTun ha muerto. No había bastantes guerreros. El jefe decidió que no se quedara ninguno.

—Ya... ¿Quién es el jefe?

—MaRau.

KiFer asintió.

—Es el mejor.

—Algún día tú serás el jefe, KiFer, como deseaba tu padre.

—No sé... No estoy seguro de que yo lo desee.

—¿Qué piensas hacer ahora?

—Quedarme aquí contigo, quizá.

—Es mejor que vayas con los hombres. El Agua de la Vida hace más falta allí.

—Es verdad. Mañana partiré.

KiFer parecía haberse repuesto de la decepción. De nuevo tenía algo que hacer, su viaje no había terminado. Acaso no terminaría jamás.

—Supongo que quieres decir hoy —dijo LaZen. —Mira hacia allí.

En el este, el cielo se estaba tiñendo de color rosado. Comenzaba un nuevo día.

Made in the USA
Las Vegas, NV
16 July 2025

25004875R00100